BACILLE 19

BACILLE 19

ET L'IMPENSABLE ARRIVA

TERESA DA COSTA

Édition : BoD – Books on Demand,
12/14 rond-point des Champs-Élysées, 75008 Paris
Impression : BoD - Books on Demand, Norderstedt, Allemagne
ISBN : 9782322409341
Dépôt légal : Avril 2022

BACILLE 19

Copyright © 2022 by Da Costa. All rights reserved.

«Tous droits de reproduction, d'adaptation et de traduction, intégrale ou partielle réservés pour tous pays. L'auteur ou l'éditeur est seul propriétaire des droits et responsable du contenu de ce livre. Le Code de la propriété intellectuelle interdit les copies ou reproductions destinées à une utilisation collective. Toute représentation ou reproduction intégrale ou partielle faite par quelque procédé que ce soit, sans le consentement de l'auteur ou de ses ayants droit ou ayants cause, est illicite et constitue une contrefaçon, aux termes des articles L.335-2 et suivants du Code de la propriété intellectuelle.»

CONTENTS

Chapitre 1: Au début. 7

Chapitre 2: Meleana, la villageoise de Marimose 10

Chapitre 3: Robinho 17

Chapitre 4: Un homme d'ambition 29

Chapitre 5: La peur, notre vieil ami. 37

Chapitre 6: Les serviteurs Darol 45

Chapitre 7: les nouvelles 47

Chapitre 8: Une sortie du paradis 52

Chapitre 9: Mission Bacille 19 56

Chapitre 10: Partir de la maison 59

Chapitre 11: Fuir la mort. 64

Chapitre 12: L'émeute. 67

Chapitre 13: Besoin d'aide. 73

Chapitre 14: Tomber entre de mauvaises mains 76

Chapitre 15: Le secret de polichinelle 81

Chapitre 16: Mise en pratique d'une leçon 86

Chapitre 17: La forêt de Bussaco. 89

Chapitre 18: Faire tomber la couronne 97

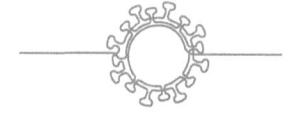

CHAPITRE 1

AU DÉBUT

Chapitre premier

Au début...

Il y a longtemps dans un pays rongé par les différentes civilisations et l'urbanisation, se trouvait un village qui avait été épargné par toute cette frénésie.

Niché sur un flanc de falaise, comme suspendu dans le vide, le petit village de Marimose donnait l'impression de vouloir s'envoler.

Marimose était une terre de magie. Des montagnes verdoyantes entouraient le village et des forêts aux arbres denses faisaient barrage à ceux qui tentaient de s'y aventurer, une fôret magique au paysage très varié fougères, fleurs, de gigantesque eucalystus, et au beau milieu coule de petite cascade qui ruisselle.

Cette forteresse naturelle était renforcée par des centaines de nids d'abeilles nichées dans les arbres à l'affût des visiteurs incongrues. La rivière dorée azibo qui séparait Marimose de sa voisine la plus proche, la ville de Geround, rendait l'accès à Marimose quasiment impossible...

En effet, personne du monde extérieur n'avait jamais trouvé le village de Marimose. Celui-ci était pourtant bien peuplé. Mais les villageois de Marimose y vivaient, paisiblement, de génération en génération et seul les anciens du village pouvaient donner leur accord pour en sortir ou y entrer.

Les Marimosiens s'accommodaient parfaitement de ces règles qui les protégeaient maintenant depuis des siècles. Certes, de nombreux villageois avaient été intégrés au fil des années afin de permettre aux nouvelles générations de se renouveler, mais la sélection était rude pour devenir citoyens de Marimose.

Il fallait prouver la pureté de son cœur et la sincérité de ses intentions.

Marimose représentait tout ce que les autres villes du monde n'avait jamais réussi à offrir à leurs habitants :

Il y avait de la nourriture à profusion, certes pas de grands magasin dans lesquels tout était à portée de main, mais les villageois étaient habitués à se servir directement dans la nature. Fruits, viandes, pains…tout était récolté, chassé ou cuisiné dans les plus pures traditions. Personnes n'avait besoin de payer pour se nourrir puisque dame nature était à l'origine de tout.

Le climat était parfaitement adapté à l'homme et aux animaux. Le soleil n'y était jamais trop chaud, ni trop froid. Et tous les soirs, son coucher valait la peine d'être observé.

Les maladies et la mort n'y était pas une fatalité. Les plantes soignaient les gens et ce n'était donc pas les maladies qui les emportaient. Seul les villageois d'un grand âge partaient naturellement dans l'au-delà.

Dans le village régnait une vie paisible ou chaque villageois s'adonnait à ses occupations quotidiennes.

Pour toutes ces raisons, beaucoup de gens avaient toujours refusé de croire qu'un paradis comme Marimose existait. Certainement pas dans un monde où toute l'humanité était maudite de transpirer pour son repas quotidien.

Mais Marimose existait bien, et c'était le plus beau paradis que l'on puisse trouver sur terre.

Mais rien ne dure éternellement et un grand malheur s'est abattu sur le village…

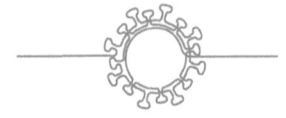

CHAPITRE 2

MELEANA, LA VILLAGEOISE DE MARIMOSE

Chapitre deux

Meleana, la villageoise de Marimose

«Meleana ! Viens vite ! Sèche-toi ! Et suis-moi nous allons rater le coucher de soleil»

Meleana leva la tête hors de l'eau et essora ses longs cheveux noirs corbeaux.

Ses vêtements lui collaient à la peau et dégoulinaient en formant une flaque autour de ses pieds nus.

Elle avait l'habitude de venir se baigner dans cette petite cascade aux pieds du village et adorait y passer des heures à jouer.

«Oh, Belinda, excuse-moi je n'ai pas vu le temps passer» répondit-elle à sa meilleure amie. Belinda, contrarié d'avoir encore une fois dû faire le chemin pour venir la chercher, lui grogna de se dépêcher.

Les deux filles prirent donc le chemin qui menait en haut de la falaise pour admirer le coucher de soleil. C'était un rituel qu'elles adoraient depuis toute petite et rien ne l'avait jamais empêché.

Meleana et Belinda se tenaient côte à côte devant ce spectacle que la nature leur offrait.

«C'est magnifique», a déclaré Meleana alors que le soleil se penchait à l'horizon. La dernière lueur orange de la journée s'estompant dans le gris du crépuscule.

«Nous le voyons tous les jours, nous le reverrons demain», déclara Belinda en lui tapotant le dos. «Rentrons à la maison maintenant, si nous voulons avoir le temps de cueillir des baies sur le chemin du retour.

Si nous rentrons trop tard, ta grand-mère va encore s'inquiéter pour sa petite fille chérie» dit-elle avec un air moqueur.

Meleana avait assez de caractère pour ne pas relever ce pic et se détourna volontairement d'elle en lui répondant : «Ma grand-mère ne s'inquiète pas pour moi, elle a juste peur que je prenne une route que personne ne prend... », puis elle prie le chemin du retour en devançant son amie.

Belinda, était une fille petite et mince, et dont les cheveux étaient d'un roux si flamboyant et les yeux d'un vert si profond que sa grand-mère était en admiration devant la beauté de sa petite-fille au physique si particulier.

Belinda et Meleana étaient amies depuis toujours. Toutes les deux avaient grandi avec leur grand-mère respective sans vraiment savoir où étaient leurs parents. Cette situation les avaient rapprochées et elles ne s'étaient jamais quitté depuis. Elles se connaissaient par cœur et savaient tout l'une de l'autre.

Elles s'aiment profondément mais elles avaient toutes deux un caractère si fort que leur quotidien était rythmé de chamailleries et de réconciliations.

Sur le chemin du retour, Belinda ruminait encore d'avoir dû une fois de plus aller chercher Meleana jusqu'à la cascade. Elle l'a trouvé tête en l'air et insouciante. Elle lui lança :

«Ma grand-mère avait l'habitude de dire», elle s'éclaircit la gorge et changea de voix «Suivez le chemin que personne ne suit... C'est là que réside la vraie gloire.» puis elle toussa.

Meleana tout en sautant pieds nus par-dessus une vipère croisée sur son chemin, lui répondit :

«Et ma grand-mère ceci», elle changea également sa voix pour répondre à Belinda «Savez-vous ce qui arrive aux gens qui suivent les routes que personne ne suit? Ils se perdent !» puis elle gloussa.

Belinda serra les dents et répondit hargneusement «tu devrais probablement obéir à ta grand-mère alors !».

Toutes deux reprirent le chemin du village et Meleana pris sur elle pour faire rire à nouveau Belinda et éviter une dispute.

Elles arrivaient enfin au village et sur la route une bifurcation les sépara. Elles se donnèrent rendez-vous le lendemain matin à la cascade puis chacune pris le chemin de sa maison.

Meleana continua son chemin seule. Elle fredonnait des airs pour se distraire de la distance laissée avant d'arriver à la maison. Ce n'était pas beaucoup, mais elle avait estimé que cela prendrait encore une bonne dizaine de minutes.

La forêt qu'elle était en train de traverser était calme et la magie des lieux y faisait régner une ambiance rassurante. Certaines des plantes étaient bioluminescentes et brillaient de lumières rouges, vertes et bleues. Plutôt qu'effrayante, la forêt de Marimose ressemblait à un jardin de lumière.

Soudain, un grondement l'a sortis de sa torpeur. Quelque chose ou plutôt quelqu'un grogna au fond de la forêt et Meleana se figea. Jamais elle n'avait entendu un bruit semblable.

Elle tourna sa tête de droite à gauche afin de tenter de capter à nouveau le son.

Le hurlement venait de la forêt. On aurait dit qu'il provenait d'un animal.

Une rumeur existait depuis longtemps à Miramose. On racontait qu'un ours noir rodait en liberté quelque part dans la forêt. Il apparaissait chaque fois qu'un malheur allait se produire au village. Mais personne ne l'avait jamais réellement vu et aucun gros malheur ne s'était jamais réellement abattu sur le village.

Meleana était attiré par ce bruit, elle qui aimait tant l'aventure voulait savoir d'où il venait…

Elle se résigna et pensa aux mots de sa grand-mère sur les chemins que personne n'empreint. Elle ne voulait pas se perdre. Elle ne voulait pas non plus que quelque chose de grave lui arrive… Sa grand-mère serait si triste si quelque chose lui arrivait.

Elle reprit donc son chemin en accélérant le pas. Il faisait sombre maintenant.

Soudain, elle entendit le sol craquer. Les yeux écarquillés, elle tentait de voir ce qui était à l'origine de ce bruit. Elle eut à peine le temps de réaliser qu'une ombre se dressa devant elle.

Elle était environ deux fois plus grande qu'elle et se tenait debout sur d'énormes pattes qui auraient pu la bousculer sans aucun effort.

Et ce pelage noir… Était-ce le.?

Meleana hurla de peur et serra fermement les côtés de sa robe. Elle s'était retrouvée face à l'ours noir, et malheureusement face à sa propre mort…

L'animal grogna à peine que Meleana sentit son cœur sortir de sa poitrine. Il était difficile de dire si c'était un ours ou un monstre qui se tenait devant elle.

Ses yeux brillaient de vert dans l'obscurité telles deux petites lucioles et cela lui donnait un air encore plus effrayant et mystérieux.

Elle réalisa qu'elle était seule sur un chemin étroit en pleine forêt. À cette heure avancée, tous les villageois étaient chez eux, c'était l'heure de coucher les enfants, de se préparer à aller dormir.

Si elle criait personne n'allait l'entendre. Elle se demanda alors comment allait-elle s'en sortir ? Était-ce ainsi qu'elle était destinée à mourir ? En pâté pour animal ? Et sa grand-mère qui devait-être inquiète, comment allait-elle survivre à la perte de sa petite-fille ? Meleana vit sa vie défiler sous ses yeux.

Elle voulait rire. Était-il normal qu'elle veuille rire face à un animal qui essayait de la manger? Ce rire était nerveux, et elle se demandait si l'animal la trouverait folle si elle éclatait soudainement de rire.

«S'il te plaît», dit-elle en se retirant lentement. «Ne me mange pas. J'ai été dans l'eau toute la journée et... Et tu n'aimes probablement pas la viande humide.»

L'animal grogna et fit un pas en avant.

«J'ai une vieille grand-mère, et je vais beaucoup lui manquer».

L'ours avança à nouveau d'un pas en grognant.

Meleana s'agenouilla et ferma les yeux. «Manges moi vite..», dit-elle d'une voix tremblante, fermant les yeux. «Mais je t'assure que tu vas être malade toute la nuit.»

Elle entendit les pas de l'animal alors qu'il se rapprochait d'elle. Elle sentit quelque chose respirer dans son cou.

Il se tenait juste devant elle dans l'obscurité !

Soudain Il y eut un bruit tel un sac de haricots tombant sur le sol.

Meleana attendait toujours que la bête sauvage enfonce ses crocs dans sa chair tendre.

Son corps commençait à l'abandonner, ses jambes ne répondait plus. Elle rassembla tous son courage et d'une voix à peine audible, elle cria rageusement à l'ours «Qu'attends-tu pour me manger ?».

Cependant, il n'y a pas eu de réponse à ses paroles – pas de grognement ni de bruits d'un quelconque mouvement de l'ours..

Elle ouvrit un œil et avec stupeur se rendit compte que les deux yeux verts de l'ours la fixait toujours mais qu'elle ne risquait plus rien. En effet, l'ours était allongé sur le sol, inconscient et immobile.

Meleana pris ses jambes à son cou et pris la fuite. Au bout de quelques mètres elle reprit doucement ses esprits et réalisa que l'ours ne l'a pourchassé pas. Elle n'avait donc aucune raison de fuir de la sorte. Sa curiosité repris le dessus et malgré la peur qui l'a dominé toujours, elle retourna sur ses pas pour approcher l'ours qui ne donnait plus signe de vie.

Arrivée près de l'ours, elle chercha un bâton afin de vérifier s'il était toujours vivant. Elle sortit des feuillages une grande branche bien solide et se mit à piquer l'ours avec.

Mais pas de réaction. Elle déposa alors la branche et s'agenouilla devant l'ours pour l'examiner de plus près. Son pelage était d'un noir aussi profond que ses cheveux et d'une douceur comparable au pelage d'un chat.

«Belinda ne croira jamais ce qu'il vient de m'arriver», marmonna-t-elle. «J'aurai tant aimé qu'elle le voit… Eh bien, tant pis pour elle.».

Mais alors qu'elle était sur le point de se détourner, elle remarqua quelque chose de brillant sur le cou de l'animal. Meleana se pencha et le toucha d'une main.

«Du sang», murmura-t-elle. «Quelque chose te chassait alors? Pauvre bête».

A peine eut-elle fini sa pensée qu'elle entendit un bruit sourd devant elle. Ses émotions firent les montagnes russes. La peur repris le dessus et Meleana se sentit à nouveau en danger malgré l'ours à terre.

Dans l'obscurité, elle réalisa que quelque chose se tenait debout devant elle. Mais cette fois-ci elle n'arrivait pas à identifier la chose. Cette ombre, large comme deux tonneaux de vin et haut comme une porte d'entrée fixait Meleana de ses petits yeux sinistres.

D'après les histoires qu'elle avait entendus, Meleana savait que cette fois-ci il ne s'agissait pas de 'l'ours dont tout le monde parlait, Il s'agissait d'un être humain, elle le sentait, sa respiration, sa posture, ses réactions réfléchis, ce n'était pas un animal, c'était un homme ou un monstre?

Elle remarqua la façon dont il était vêtu et comment il positionnait sa tête de façon à ne jamais la quitter des yeux. Il grogna.

Meleana sentit la force de son haleine la frapper de plein fouet. Une voix dans sa tête lui fit prendre conscience qu'elle était de nouveau face à sa mort.

Soudain, un bruit retentit au loin. Tous deux s'arrêtèrent afin de voir ce que c'était.

Meleana se retrouva soulagée quand elle aperçut les torches des villageois partis à sa recherche, brûler au loin.

Le monstre grogna de colère et s'enfonça dans la forêt d'où il venait.

Pendant ce temps, Meleana était trop choquée pour faire un pas. Mais lorsqu'elle aperçut sa Grand-mère Ana au loin entouré des villageois, elle se mit à courir vers eux et à peine fût-elle dans les bras de sa grand-mère qu'elle perdit connaissance.

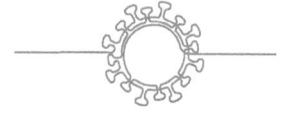

CHAPITRE 3

ROBINHO

Chapitre trois

Robinho

C'est le cri de Miky, le perroquet de Meleana, qui l'a réveillé le lendemain matin.

Chaque muscle de son corps lui faisait mal et sa tête n'arrêtait pas de frapper.

Elle se redressa dans son lit et bâilla paresseusement. Miky était assis sur la fenêtre ouverte, grattant ses ailes colorées avec son grand bec.

«Bonjour, Miky,» dit-elle à l'oiseau en lui soufflant un baiser.

«Bonjour, Meleana», dit Miky en cliquant sur sa langue.

Meleana sortit de sa chambre pour aller se laver et s'habiller avant de rejoindre sa grand-mère à la cuisine.

Elle et sa grand-mère vivaient seules dans la maison en bambou. Ses parents avaient été emmenés par des hommes masqués alors qu'elle n'était qu'un nourrisson et personnes n'avait jamais su ce qu'ils étaient devenus.

Grand-mère Ana, avait dû se cacher avec elle pour sauver leur peau et depuis elle avait pris soin de Meleana.

Tout le monde l'appelait grand-mère ou grand-mère Ana. Elle avait les cheveux d'un blanc immaculé. Elle était petite, mais forte et rapide sur ses pieds. Et malgré ses rides prononcée et ses paupières tombantes, grand-mère ana n'avait jamais eu besoin de porter des lunettes.

«Grand-mère !», s'exclama Meleana, se dépêchant de déposer un baiser sur le front ridé de la vieille femme. Elle enroula ses mains autours d'elle par derrière. «Oh, tu ne sais pas à quel point je suis heureuse de te voir. J'ai fait le rêve le plus étrange la nuit dernière. Il y avait un...».

«Chien», l'interrompit grand-mère Ana.

«Un chien ?» repris Meleana, «non ! Un monstre, et même un ours !» dit-elle en s'adressant à sa grand-mère les yeux encore émerveillés de sa découverte.

«Non,» dit grand-mère Ana en laissant tomber le pilon de sa main. «Tu t'es évanoui dans la forêt au milieu de la route et nous t'avons ramené au village.

A côté de toi gisait un animal que nous pensions mort. Les villageois l'on ramené au village pour sa viande mais à la lumière des torches, nous nous sommes aperçus qu'il s'agissait d'un énorme chien.»

Meleana secoua la tête. «Oh, c'est terrible», a-t-elle dit. «J'ai dû avoir terriblement peur alors.»

«Oh, et tu n'as plus *terriblement peur?*» Demanda Grand-mère Ana, posant ses mains sur sa taille.

«Devrais-je avoir peur?» Demanda Meleana en levant les épaules. «Et il y avait aussi un homme je pense !»

Grand-mère Ana se figea un instant. Elle reprit son calme et tenta de dissimuler sa curiosité :

«Oui, tu devrais toujours avoir peur parce qu'il y a des choses qui rodent dans la forêt ! Ne t'ai-je pas dit de ne jamais aller loin du village? La troisième source ou nous t'avons retrouvé est la plus éloignée, et la plus profonde. Cherches-tu à mourir?» dit Ana, sévèrement.

Meleana inclina la tête. «Je suis désolée grand-mère».

Ana soupira. «Viens ici Meleana», dit-elle en l'attirant dans ses bras. «J'essaie juste de te protéger.»

Meleana rompit l'étreinte et regarda dans les yeux de sa grand-mère. «De quoi me protèges-tu? Ce village est l'endroit le plus sûr qui soit ! Qu'est-ce qui pourrait m'arriver?»

Un sourire forcé envahit le visage de grand-mère Ana. Puis elle toussa ; une toux sèche et intense. Une fois... Puis deux.

«Ça va?» Demanda Meleana, inquiète. Elle attrapa rapidement une jarre et versa de l'eau dans une tasse.

Grand-mère Ana bu toute l'eau et soupira de satisfaction. «C'est mieux ! Ce doit être les épices que je broie qui me montent au nez.» puis elle ajouta «ton ami d'hier est terriblement blessé et si tu souhaites le voir il est sur la place du village.»

«Mon ami ? Quel ami?» demanda Meleana, en fronçant les sourcils «L'ours?»

«Le chien de la nuit dernière» repris grand-mère «Il n'y avait pas d'ours, je t'ai dit que c'était un chien. Pauvre de toi, tu avais tellement peur, tu n'as même pas su distinguer un chien d'un ours !».

Meleana fit la moue, elle savait ce qu'elle avait vu mais n'était pas d'humeur à se disputer. Puis elle remarqua que grand-mère Ana semblait inquiète et pensive.

«Qu'est-ce qui ne va pas?» demanda Meleana.

«Il y a une blessure profonde sur le cou. S'il n'est pas traité à temps, la plaie sera infectée ...»

«Alors allons le soigner», dit Meleana en s'approchant de sa grand-mère pour tenter de la convaincre.

«Je termine de te préparer une décoction qui pourra surement mettre fin à ses souffrances.»

Les yeux de Meleana se gonflèrent dans leurs orbites. «Tu vas le tuer?» Demanda-t-elle avec la bouche pleine de pomme.

«Une fois que cette blessure sera infectée, la vie sera un enfer pour lui. Et en plus, c'est un chien trop gros. Personne n'en voudra, je fais ça pour son bien !»

Elle ramassa le mortier et commença à en broyer le contenu afin de finir la décoction.

«Je vais trouver un moyen de le convaincre de se faire traiter» déclara Meleana «je ne veux pas baisser les bras de la sorte !»

«C'est dangereux, pourquoi tout compliquer à chaque fois», demanda grand-mère Ana à Meleana. «Et s›il t'attaque? Ou cherche à te dévorer…» Mais une quinte de toux la stoppa net.

«Mamie», appela Meleana d'une voix inquiète. «Quelque chose ne va pas chez toi, tu me caches quoi.»

«Quand tu seras aussi vieille que moi, tu verras que la santé se dégrade naturellement avec l'âge.» lui répondit-elle avant de reprendre comme si de rien était. «Demande à notre voisin Banjo de t'accompagner quand tu iras soigner le chien. Je ne veux pas que tu y ailles seule !»

«Banjo?!» s'écria Meleana exaspérée «Il a paniqué la dernière fois qu'un lézard a atterri sur ses jambes !»

«C'est l'homme le plus fort que nous ayons», rétorqua Ana en sortant de la cuisine.

«Banjo est un gros bébé avec une barbe et des muscles», hurla Meleana. Mais grand-mère Ana était déjà partie.

Elle prit un bol et versa les épices broyées du mortier. «Banjo mon œil» fulmina-t-elle en sortant de la maison en direction de la place du village ou se trouvait l'animal souffrant.

En chemin, Meleana aimait observer chaque détail qui rend Marimose si particulier. Ses maisons en bois – acajou, bambou, chênes, cèdres qui avaient toutes de grandes fenêtres arquées qui s'ouvraient sur l'extérieur pour laisser entrer l'air frais.

La plupart d'entre elles avaient également un porche sur lequel les vieux du village aimaient s'asseoir pour observer les passants et papoter de la pluie et du beau temps.

En marchant, Meleana souriait aux enfants cachés dans les arbres qui lui faisaient signe. Elle se sentait presque triste de ne pas avoir le temps d'aller à la cascade aujourd'hui pour jouer avec Belinda. Elle ne l'avait même pas prévenu qu'elle n'irait pas et avait fait du chien sa nouvelle priorité du jour.

Belinda allait surement être en colère contre elle. Mais Meleana vivait au jour le jour sans se soucier de ce que pouvait penser les gens, même si au fond ça l'embêtait que Belinda se retrouve une nouvelle fois seule.

Sa meilleure amie n'avait qu'elle. Personne ne la détestait au village, mais personne ne cherchait non plus à la connaitre davantage. Belinda était considérée depuis toujours comme une personne étrange, mais forte. Surtout depuis que ses parents avaient disparus du village sans un mot. Elle n'y était pour rien, elle avait été abandonnée là, et les villageois lui avait collé cette étiquette de «malchanceuse».

Ils craignaient tous qu'en grandissant elle ne se venge de tout ce qu'il lui était arrivé et qu'elle décide de suivre les traces de son père. Ce scientifique «original» comme aimait l'appeler les Marimosiens, qui avait fait de la «science» sa passion mais qu'aucun d'entre eux ne comprenait.

Meleana arrivait sur la place du village. Là devant se trouvait le chien, enfermé dans une cage fabriquée à la hâte par les villageois avant qu'il ne se réveille. C'était la plus grande qu'elle n'ait jamais vu de toute sa vie.

Hier lors de sa rencontre avec l'animal, l'obscurité de la forêt l'avait laissé croire que le chien avait un pelage d'un noir charbon, mais elle s'était trompée. Le pelage du chien était en effet noir mais avait plusieurs taches de blanc partout.

Et la fourrure était longue ! Elle ne pouvait même pas voir ses yeux parce qu'ils étaient entièrement couverts par des poils. Meleana remarqua qu'un amas de poils, de feuilles et de sang séché formait une croute au niveau de son cou. Elle pensait que ce devait être là où se trouvait la blessure.

Il dormait tel un lion, sa grosse tête touffue était posée sur ses pattes antérieures.

D'autres chiens plus petits défilaient et aboyaient tout autour de la cage, aux côtés des enfants du village, transit de curiosité.

Banjo était là aussi, assis sur un muret et tenant une canne en racontant aux enfants des histoires fabuleuses tout droit sortis de son imagination, sur la façon dont il aurait maîtrisé le chien avant qu'il n'avale Meleana toute entière.

«La bouche du chien n'est-elle pas trop petite pour avaler Meleana?» Demanda un jeune garçon de six ans avant de lever les mains au ciel.

Banjo renfrogna sombrement. «Cette bouche peut se dilater ! Pourquoi? Il peut même avaler une maison s'il le veut !

Meleana roula des yeux devant ces mensonges improbables, mais ne dit pas mots.

Banjo s'approcha d'elle en lui soufflant de l'air au visage. «Bonjour, Meleana,» dit-il d'une fausse voix grave. «Comment vas-tu aujourd'hui?»

«Oh, grâce à ta bravoure d'hier soir, je suis en vie et en bonne santé. Merci Banjo, d'avoir vaincu cet énorme chien à trois têtes venue tout droit des ténèbres», dit-elle d'un ton moqueur.

Banjo, qui n'avait honte de rien, continua sa comédie et leva et fléchit les bras afin de montrer aux enfants ses muscles à peine visible «Alors, que pensez-vous de devenir ma femme quand nous serons tous les deux plus âgés? Ma famille va rencontrer ta grand-mère, et tout sera plié.»

«Cela arrivera bientôt, Banjo,» dit Meleana, «Mais seulement dans tes rêves les plus fous ! Ouvre-moi la cage, j'aimerais traiter sa plaie avant qu'elle ne s'infecte.» Lui ordonna-t-elle d'un ton sérieux et sec.

Banjo gardait un sourire de façade et s'exécuta. «Tu plaisantes?» dit-il en avalant difficilement sa salive «Tu veux que j'ouvre la cage de ce grand … Chien?»

«Pourquoi pas? N'aie pas peur je serais là pour te protéger» lui dit-elle dans une ultime attaque. «Maintenant, ouvre la porte ou je le fais moi-même.»

«Tu ne pourras pas dire que je ne t'ai pas prévenu», dit Banjo en ouvrant le loquet qui maintenait la cage verrouillée.

Le gros chien remua dans sa cage et leva la tête. Il grogna mais avec douceur lorsqu'il aperçût Meleana qui entrait dans la cage. Il poussa un gémissement de douleur d'avoir tourné la tête puis se rendormit.

Meleana soupira. «Ce n'était pas si mal», se dit-elle. Tenant soigneusement le bol d'épices, elle examina la plaie à distance. «Banjo, rends-toi utile et procure-moi un bol d'eau et un chiffon propre. Cela pourrait prendre du temps.

Banjo grogna puis demanda aux enfants de s'écarter de son chemin. Il revint plus tard, portant un bol d'eau et trois vêtements blancs.

Pendant ce temps, Meleana avait attaché ses longs cheveux noirs en chignon et se tenait prête à nettoyer la plaie. Après avoir trempé le tissu dans l'eau et tamponné autour des plaies, elle remarqua deux morsures profondes.

Que sa grand-mère le croie ou non, elle était certaine qu'une créature rodait dans la forêt et que c'était elle qui avait blessé le chien.

A peine elle effleura la blessure que le chien lui montra les crocs de douleur.

«ça suffit maintenant», lui ordonna-t-elle «Si je ne nettoie pas cette plaie, elle sera infectée et te fera très mal. A ce stade, personne ne pourra plus rien pour toi ! Alors, allonge-toi tranquillement pendant que je t'aide, d'accord?»

Le chien la regarda avec des yeux tristes et s'assit sans un bruit. Meleana prit de profondes inspirations et soupira. «Tu es un bon chien», dit-elle en le tapotant sur la tête.

«Comment t'appelles-tu ?» Demanda-t-elle, alors qu'elle commençait à nettoyer la plaie.

Le chien gémit en réponse et roula sur le côté.

«Ah, tu n'as pas de nom?» demanda-t-elle, «on dirait bien que je vais devoir t'en trouver un. Que dirais-tu de Salto?»

Le chien grogna bruyamment.

«Très bien, très bien,» dit Meleana, «Robinho? Que dirais-tu de Robinho? C'est un beau prénom tu ne peux pas dire le contraire»

Le chien soupira en réponse et Meleana applaudit avec enthousiasme.

Elle appliquait toujours les épices lorsqu'elle s'aperçut que sa grand-mère et une dizaine d'autres ainés du village s'approchait d'eux, l'air fatigué et à bout de souffle.

Ils portaient tous de longs bâtons qui les aidaient à marcher.

«Ça va, Meleana?» Demanda Grand-mère Ana, haletant lourdement.

«Je vais bien», dit Meleana en souriant. «J'en ai presque fini avec Robinho.»

«Fais attention à toi tout de même» lui ordonna M. Norberto, laissant échapper une longue toux sèche.

Meleana fronça les sourcils. Elle posa sa tête entre les barreaux de la cage. «M. Noberto, vous toussez aussi» lui demanda-t-elle surprise.

M. Norberto gloussa, nerveusement. «C'est la météo, mon enfant. Quand tu es aussi vieux que moi, chaque léger changement de temps t'affecte.»

«Ne traine pas et sors de cette cage avant que je ne te renie», fulmina grand-mère Ana. Elle se tourna et ils la suivirent tous. «Allons en finir avec notre discussion.» marmonna-t-elle.

Meleana tapota la tête de son nouvel ami, Robinho. «Maintenant, je vais t'apporter de quoi boire et manger.»

Le chien gémit et repose sa tête sur ses pattes.

Meleana sortit de la cage et après avoir sécurisé le loquet de l'extérieur se mit à courir en direction de chez elle en criant à Banjo qui s'était endormis sur le sol : «tes aventures ont du bien te fatiguer, tu dois avoir besoin de beaucoup de sommeil maintenant» lui dit-elle d'un air moqueur. Il ne releva pas et continua sa sieste.

Arrivée chez elle, elle se précipita dans la cuisine pour trouver quelques denrées à donner à Robinho. Mais une discussion l'interpella. Elle tendit l'oreille et reconnut la voix de grand-mère Ana. En effet, une réunion était en train de se tenir dans le salon.

Meleana, après avoir rassemblé de la nourriture dans un petit cabas en jute, s'approcha du salon sur la pointe des pieds. Elle essayait de comprendre ce qu'ils se disaient mais les mots étaient à peine audibles et entrecoupés de quintes de toux.

Alors, Meleana mis son sac à l'extérieur, sous la fenêtre de la cuisine et se glissa sans un bruit vers le salon. Elle colla ses oreilles à la porte qui l'a séparé de la réunion et entendit :

«C'est le problème», disait grand-mère Ana «Nous ne pouvons pas encore sortir du village. Becca, quand as-tu remarqué tes symptômes?»

«Il y a deux jours», répondit Becca. «Je nettoyais la maison quand j'ai commencé à tousser. Hier, j'ai eu mal à la gorge... Aujourd'hui...»

«...c'est un mal de tête et une légère fièvre», l'interrompit M. Norberto. «Nous avons tous les mêmes symptômes, cela ressemble fortement à une pandémie» dit-il d'un air effrayé.

«Ce sont des moments difficiles. Ce doit être la raison pour laquelle la bête noire erre dans la forêt. Il me semble que ce soit un mauvais présage»

Meleana posa une main sur sa bouche pour retenir les sons qui s'en échappaient. «Grand-mère n'a-t-elle pas dit qu'il n'y avait pas de bête noire? Que je l'avais imaginé ? M'aurait-elle menti ?» pensa-t-elle

«Je vous dis à tous que je sais ce que j'ai vu», ajouta un homme.

Meleana le connaissait ; c'était Manuel l'ivrogne, elle était certaine que personne ne le croirait.

«Les gens de la ville sont responsables de cela», disait-il. «Il y a tout juste quatre jours, je les ai vu habillés bizarrement à la lisière de la forêt avec une drôle de machine. Ils étaient couverts de la tête aux pieds.

Personne ne me croit jamais» râla-t-il avant d'ajouter sure de lui «Et il y a cet homme qui n'arrêtait pas de dire qu'ils devraient attendre que le vent souffle dans la direction du village et ils ont libéré cette poussière noire de leurs machines.»

«Peut-être était-ce de la fumée provenant de l'un des moteurs de leurs machines», a déclaré M. Norberto. «Comment pourriez-vous penser qu'une fumée de moteur provoquerait une épidémie?»

«Comment suis-je censé savoir cela?» Demanda Manuel, offensé. «Et j'ai eu une mauvaise impression à leur sujet. Ils étaient trop méfiants, trop silencieux, trop anxieux, c'est presque comme s'ils ne voulaient pas se faire prendre!»

«Les citadins n'ont jamais eu besoin d'avoir peur», a déclaré Becca, d'une voix qui montrait qu'elle cherchait du soutien. «Pourquoi le seraient-ils maintenant?»

«Vous semblez avoir manqué la partie où j'ai dit qu'ils agissaient de manière suspecte. Exactement, comme nous en ce moment. Nous sommes réunis ici en secret, en espérant qu'aucun jeune ne découvre ou n'entende ce que nous sommes en train de dire.»

Meleana pensait qu'ils doutaient probablement de la véracité de ce que Manuel racontait.

«Les citadins ne savent pas où se trouve le village», a déclaré grand-mère Ana «Je ne pense pas qu'ils auraient pu faire ça.»

Manuel se moqua. «Tout le monde sait que le village est situé quelque part au milieu de la forêt. S'ils libèrent quelque chose dans les airs, ils n'ont pas besoin de trouver le village, le vent fera son travail.»

«Assez de votre théorie absurde Manuel!» dit grand-mère Ana en toussant. «Becca, as-tu dit que les jeunes n'étaient pas affectés?»

«Oui Ana! Bien que j'ai remarqué que le bébé de Vera toussait. C'est difficile d'en être sûr.»

Après un long silence de réflexion, grand-mère Ana reprit la parole : «Très bien, voici ce que nous allons faire...»

Meleana s'avança davantage afin d'entendre ce qu'elle allait annoncer mais elle se prit le pied dans le tapis et trébucha sur la porte.

«Qui est là?!» demanda grand-mère Ana. Trois hommes se levèrent pour voir qui les écoutaient sans y être autorisé.

Meleana se précipita dans la cuisine et sauta par la fenêtre où l'attendait toujours son sac de provisions.

Elle avait échappé belle ! Alors qu'elle se dirigeait vers Robinho, elle ne put s'empêcher de penser à ce que Manuel avait dit. S'il avait raison au sujet des citadins qui soufflaient la maladie dans le village, alors Marimose courait un grand danger.

Et pour la première fois de sa vie, Meleana ne se sentait soudain plus en sécurité dans son village.

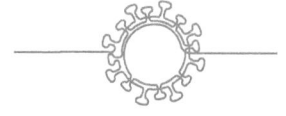

CHAPITRE 4

UN HOMME D'AMBITION

Chapitre quatre

Un homme d'ambition...

La ville de Geround était à quelques kilomètres de la rivière azibo. Cette ville était étouffante à la différence de Marimose. De grandes tours sans âmes ou logeaient des familles entières rendait le paysage sinistre.

D'épais nuages gris restaient bloqués sur le haut de ces tours. C'était à se demander quelle vision pouvait bien avoir les habitants des derniers étages lorsqu'ils voulaient admirer la vue.

Les seules maisons de Geround, qui appartenaient aux habitants les plus riches, avaient d'énormes cheminées en aluminium dont s'échappait une fumée noire qui venait apporter une touche de sombre supplémentaire au ciel.

Il y avait peu d'arbres dans la ville, et les fruits, importés des villages les plus lointains coûtaient un bras, deux jambes, et était payé par le nez.

En fait, il n'était pas rare d'entendre les gens appeler les fruits «nourriture des riches».

Il y avait de nombreux bruits assourdissant à Geround. Des commerçants qui essayaient de convaincre ou de contraindre les passants à venir acheter leurs produits, le grondement des moteurs de voitures et de motos mal entretenus et le cris des habitants mécontents de leurs conditions de vie.

La plupart du temps, la ville semblait être plongée dans le chaos. Ses habitants étaient comme pris au piège dans une course effrénée vers nulle part.

Au milieu de tout ce chaos se trouvait le palais du bon roi Aaron et de sa gracieuse épouse la reine Rose. Ils n'avaient pas encore de descendance mais se satisfaisait pleinement de leur situation.

Le roi Aaron jouait aux échecs et discutait des nouvelles du royaume avec son fidèle conseiller Lony.

Il portait sa belle robe rouge et sa couronne dorée était assise majestueusement sur sa tête. Sa chevalière en or était sur sa main, où était gravée le blason de Geround – deux lions assis sur leur postérieur, tenant un trident.

La reine Rose était assise à côté de lui, elle tricotait tout en écoutant les nouvelles du royaume. Elle portait une robe brodée d'or et portait des bijoux d'émeraude d'un vert flamboyant. Une épingle à cheveux dorée était coincée dans sa tresse.

L'ambiance était à la détente lorsqu'un garde entra dans la salle du trône, portant son épée gainée à ses côtés. «Votre Majesté», dit-il en déposant un genou à terre pour saluer le couple royal. «Le Premier ministre Darol Schwib, demande une audience avec vous.»

La reine frissonna légèrement lorsqu'elle entendit son nom, mais le roi Aaron ne fit que sourire, ne tenant pas compte du comportement de la reine.

"Il est de retour de voyage alors?" Dit le roi Aaron «Dépêchez-vous et laissez-le entrer.»

Un peu plus tard, les énormes portes sculptées du couloir s'ouvrirent et Darol Schwib entra.

Le Premier ministre était le commandant des armées et second du roi, mais beaucoup de citoyens le craignaient plus que le roi lui-même. À la mention de son nom, leurs jambes tremblaient et leurs dents claquaient de peur.

Darol était un homme épineux à la peau pâle et au long visage. Il avait deux petits yeux ambrés qui avaient presque l'air rouges, une fine moustache qui s'enroulait aux deux extrémités et un éternel sourire sadique.

Il portait une longue robe noire, et un turban noir assis précairement sur sa tête. Surement pour cacher son crâne dégarni.

«Mon roi,» dit-il en s'inclinant et en agitant ses mains comme un magicien après une représentation. «Et sa reine.»

Le roi Aaron sourit. «Mon ami de confiance, comment s'est passé le voyage?»

Darol mit sa main aux doigts longs et minces devant sa bouche et fit mine de bâiller d'ennui. Un rubis rouge d'une brillance extrême était assis sur une énorme chevalière qu'il portait à la main.

«C'était plutôt... Sans incident», répondit-il enfin au roi après avoir terminé sa petite comédie. «J'ai obtenu une cargaison de sel de nos voisins marins. Nous avons également discuté avec l'état de Braganca, et nous les avons convaincus qu'il était nécessaire pour eux de continuer à nous payer un tribut.

Pour finir, la rébellion dans le bonsaï a été... Réprimée... Avec des mots doux, calmes et apaisants... Tout comme vous l'aviez demandé." Puis fit à nouveau la révérence.

Le roi Aaron grogna de satisfaction et rit. «J'ai toujours su que je pouvais te faire confiance», dit-il. «Tu es l'assistant le plus digne de confiance que j'ai, personne ne s'en approche.»

Darol posa une main sur sa poitrine et s'inclina lentement. «Vous me flattez votre majesté», ronronna-t-il.

La reine Rose s'éclaircit la gorge pour montrer qu'elle souhaitait prendre la parole.

Le roi et le ministre lui jetèrent un coup d'œil.

Avez-vous quelque chose à dire, ma très chère Rose? Demanda le roi Aaron.

«Il y a des troubles dans la ville», a-t-elle déclaré, «Il y a eu des rapports d'une épidémie d'une sorte ou d'une autre. Que faisons-nous pour freiner cela?»

Darol gloussa, dénudant ses dents coincées. «Il n'y a pas *de nous*, *Sa* majesté», a-t-il dit, «il n'y a que moi, et le roi qui essaie de rendre la ville meilleure. Vous devriez simplement vous concentrer sur le fait d'être une bonne *mère* plutôt que chercher a régler ce genre de problème.» Il s'inclina jusqu'au niveau de la taille.

Les yeux de la reine Rose devinrent rouges et humides, mais le roi ne le remarqua pas. Cependant, Darol l'a remarqué, et il a souri intérieurement à cet exploit rare.

«Nous préparons un laboratoire à 1 intérieur de bonsaï», dit-il fièrement. «Ce laboratoire sera utilisé pour toutes les recherches et à des fins de guérison.»

«Pourquoi pas ici à Geround?» Demanda la reine Rose.

--Oh, eh bien, dit Darol en tirant sur sa moustache. «Nous ne savons pas quel genre de maladie nous avons entre les mains.

UN HOMME D'AMBITION

Il serait dangereux d'avoir des personnes infectées traitées dans la même zone que les personnes en bonne santé.

«Chaque personne qui tombe malade d›une infection sera isolée et emmenée au bonsaï, nous ne pouvons pas avoir une répétition de cette grippe d'il y a dix ans.»

C'est sage de votre part, Darol, dit le roi Aaron. «Vous avez tout mon soutien sur celui-ci. Vous pouvez aller vous reposer maintenant, ou avez-vous autre chose à dire?»

Darol s'est précipité. «Mon Seigneur, j'ai quelque chose à dire.»

Et bien Parlez mon ami

«Mon roi, avez-vous remarqué que les prix des fruits et du bois ont grimpé en flèche?» demanda Darol en s'inclinant légèrement. Sa bouche se déforma en un sourire narquois permanent.

Et cela me déconcerte qu'il en soit ainsi, dit le roi Aaron, que se passe-t-il ?

Darol se souleva sinistrement et épingla son visage au sol. «Nos terres semblent avoir perdu une grande partie de leur fertilité après avoir été utilisées pendant si longtemps», a déclaré Darol. «Et nos importations sont un peu trop chères, sans oublier qu'il est difficile de les conserver au loin. Quant au bois, nos forêts s'éclaircissent, si seulement nous pouvions trouver un palliatif temporaire...»

Le roi Aaron posa son coude sur le bras du trône et appuya sa tête avec une main.

«Vous semblez avoir trouvé une solution à cela», a-t-il déclaré.

«Oh oui,» dit Darol, rapidement. «Il y a ce petit village, j'en suis sûr, qui peut nous aider à cet égard. Ils ont des fruits et assez de bois pour durer les cent prochaines années. Mais ils sont un lot rebelle.»

«Par hasard, parlez-vous du village de Marimose?» Demanda la reine Rose.

Darol s'inclina. «Il semblerait que oui, Votre Majesté», a-t-il dit.

«Mais nous ne pouvons pas faire ça !» La reine Rose a crié d'horreur.

Le roi Aaron posa une main sur son dos. «Ça va, ma chère», dit-il, avant de s'adresser à Darol. «Monsieur le Premier ministre, le village de Marimose est un mystère qu'il ne faut pas essayer de percer. Ils ont choisi de rester à l'écart du reste du monde.

«Ils n'ont ni maisons en briques, ni voitures, ni électricité, ni eau du robinet. Tout cela, nous le possédons. S'ils ont choisi de rester à l'écart de la politique de notre monde, du stress de celui-ci, du bruit des moteurs et de tout ce que nous considérons comme du luxe.

«Devrions-nous leur reprocher leur choix? Le village a choisi de se cacher. Nous ne le forcerons pas à se révéler. Ils me reconnaissent comme roi et de temps en temps, m'envoient un tribut de la taille d'un butin de guerre. Que pourrais-je demander de plus?»

«Eh bien, je ne peux qu'obéir à toi, mon roi. Mais, si vous deviez reconsidérer les avantages —»

— Et les inconvénients, Darol. Si nous attaquons Marimose et forçons un chemin vers elle, nous gagnerions du bois et des fruits, mais nous perdrions la beauté de la nature et la confiance des gens. Sans compter que nous risquons d'anéantir toute une culture», a déclaré le roi Aaron.

«Demandez à nos scientifiques pourquoi les terres ne produisent pas autant qu'elles le devraient. Nous vivrons comme si Marimose n'existait pas.»

Darol s'inclina profondément. «Oui, mon roi,» dit-il. «Je vais me retirer chez moi maintenant.»

Ah dit le roi Aaron, pour vos services au pays, j'aimerais vous offrir mon deuxième cheval préféré.

Darol étonné, remercia sa majesté.

Il s'inclina, se retourna et quitta le palais avec des lèvres serrées et un visage endurci.

UN HOMME D'AMBITION

Une fois dans sa voiture, le terrible sourire narquois est revenu. «Rentrons chez nous», dit-il à son chauffeur, Takel. «Et conduisez vite.»

Oui, Monsieur le Ministre, dit Takel en démarrant le moteur.

Le conducteur avait la peau foncée de corpulence moyenne, mais sa caractéristique la plus évidente était le cache-œil en cuir rouge sur son œil gauche.

«Takel»

«Oui, ministre?»

«C'est Premier ministre. La prochaine fois que vous m'appellerez après un ministre ordinaire, je vous ferai couper la langue. Suis-je clair?»

«Oui, Premier ministre», dit Takel en poussant les engrenages en marche.

«Donnez-moi les nouvelles de mes courses», dit Darol à Takel, l'impatience était évidente dans sa voix. Il a mis une main sur le turban lourd sur sa tête et l'a ajusté. Mais d'abord, dites-moi pourquoi Bacille 19 est à Geround. N'ai-je pas demandé qu'il soit pulvérisé uniquement sur ce maudit village de Marimose?»

«Le vent a soudainement changé de direction, Monsieur le Premier ministre», a déclaré Takel, en conduisant. «J'étais là moi-même pour superviser l'affaire. Nous avons attendu que le vent souffle sur les montagnes avant de libérer le gaz Bacille 19. Cependant, je n'ai aucun doute qu'il a dû atteindre le village aussi – plus de la moitié de la montagne était couverte.»

«Vous auriez dû essayer à nouveau quand le vent était favorable.»

«Je suis désolé, Premier ministre», a déclaré le chauffeur. «Nous avons manqué de virus Bacille 19 et avons dû retourner a Bonsaï.»

Darol grogna et tira sur sa moustache. «C'est assez», dit-il froidement. «Le roi a dit qu'il m'avait donné son deuxième meilleur cheval?»

«Oui, Premier ministre», a affirmé Takel, mécaniquement. «C'est un jeune pur-sang toujours apte à la compétition et –»

«– et je n'ai pas demandé toutes ces informations, n'est-ce pas?» Darol s'en prit à Takel. «Faites-le dépecer et servir dans une soupe pour moi ce soir. Si le roi ne peut que me donner son meilleur cheval, alors c'est la fin de la discussion. Donnez-moi d'autres informations !»

«Nos partenaires d'Extrême-Orient arriveront bientôt dans une semaine, ils ont fixé leur premier lot d'esclaves pour cinq cents hommes et femmes.»

Darol sourit et frappa des mains. «Et notre camp à Bonsaï?»

«Prêt à accueillir les gens monsieur,» dit Takel en entrant dans la porte du manoir de Darol. «Le laboratoire travaille également à plein régime pour faire plus de Bacille 19.»

«Et n'oubliez pas ; les hommes doivent continuer à verser du sel sur les terres agricoles, et les arbres doivent être empoisonnés de plus en plus. Nous devons forcer le roi à bouger et prendre des décisions contre Marimose.»

«Oui, Premier ministre», dit Takel en s'arrêtant devant le manoir de Darol . «Nous y sommes, mon seigneur.»

«Oh, je le sais !» Darol cria sur l'homme. «Et j'ai encore une course pour toi.»

«Qu'est-ce que c'est? Mon seigneur? Demanda Takel.

Darol se frotta les joues et se lécha les lèvres. Un sourire espiègle se glissa lentement dans son visage. «La Reine, je veux que tu l'infectes avec du Bacille 19.»

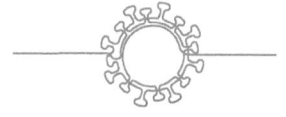

CHAPITRE 5

LA PEUR, NOTRE VIEIL AMI

Chapitre cinq

La peur, notre vieil ami.

Meleana a étudié de plus près sa grand-mère, Ana. Elle a noté que le nombre de personnes toussant dans le village avait augmenté au cours des vingt-quatre dernières heures. La plupart des victimes de la nouvelle peste étaient les personnes âgées, les jeunes enfants l'étaient beaucoup moins.

Certains de ceux qui avaient la toux avant ont montré des signes de symptômes avancés. Et à cet effet, ils se sont enfermés dans leurs maisons.

Le charmant village bouillonnant de Marimose devient l'ombre de lui-même. La seule chose qui sillonnait les rues étaient les pétales fanés de fleurs desséchées.

Toutes les fenêtres en vue étaient verrouillées, mais malgré cela, il était toujours possible d'entendre la toux de l'intérieur des maisons.

Les pères essayant de se relever et de cacher leurs douleurs, les mères étouffant la toux déchirante à l'intérieur d'eux.

Le gémissement fiévreux des personnes âgées avait remplacé le chant des oiseaux dans le ciel.

Meleana soupira. Son précieux village lui semblait étrange. C'était comme si l'ours noir chassait et avait emmené tout le monde loin du village.

«Meleana, tu devrais t'éloigner de la fenêtre», dit Ana, toussant dans un hanky blanc tricoté.

Elle tenait une ficelle d'oignons violets dans sa main, qui était censé éloigner les mauvais esprits responsables de la peste soudaine. Grand-mère Ana a accroché la ficelle d'oignons à un clou au-dessus de la fenêtre.

Meleana savait que la plupart des fenêtres fermées à l'extérieur avaient également fait quelque chose de similaire. En vingt-quatre heures seulement !

Grand-Mère, dit Meleana d'une voix timide. «Et si Manuel avait raison? Et si c'était les citadins qui sont responsables de cette maladie?»

Ana renfrogna et regarda Meleana avec méfiance. «Tu as écouté, n'est-ce pas?»

«Je n'écoutais pas du tout», a déclaré Meleana, sur la défensive. «Tout ce que j'ai fait, c'est de mettre mes oreilles contre le mur et les mots y sont rentrés.»

«Comment aimeriez-vous que ma main ruisselle sur votre visage? Puisque vous êtes une fan d'événements aléatoires, autant y aller à temps plein.»

«Me gifler à l'oreille n'est pas un hasard», a déclaré Meleana.

Grand-mère Ana se moqua et s'installa sur une chaise tissée.

Plus de la moitié des meubles de Marimose étaient tissés à partir de canne et la plupart des vêtements étaient tissés à la main. Avec les vêtements, cela signifiait que les gens n'avaient pas de collection dans leur garde-robe, mais cela leur apprenait également à apprécier chaque vêtement.

«Manuel s'est trompé», a déclaré Grand-mère Ana en soupirant. «Ce qui se passe maintenant devait arriver à un moment donné. Nous sommes des humains, peu importe où nous allons, la mort et la maladie suivent toujours.

Notre caractère n'est pas la seule chose qui nous rend imparfait. Notre corps joue un grand rôle à cet égard.»

«Alors…?» Demanda Meleana, qui préférerait avoir une réponse directe par oui ou par non plutôt qu'un cours de philosophie.

«*Donc*, ce qui se passe en ce moment est absolument naturel», dit Grand-mère en souriant. «Le roi Aaron est un bon roi. Je l'ai rencontré plusieurs fois, il ne ferait jamais rien pour nous blesser, et sa femme aussi, la reine Rose. Elle est genereuse et très agréable.

«Alors qu›a vu Manuel? Il n'aurait pas pu être ivre à l'époque !»

Ana gloussa, froissant davantage son front ridé. «Je suis prêt à parier trois poissons fumés qu'il ronfle quelque part en ce moment ; ivre et couvert de son propre vomi.»

Meleana avait la nausée en pensant à Manuel dans une mare collée à son propre vomi. Elle frissonna.

«Pourtant, que se passe-t-il si quelqu'un fait cela délibérément?»

Grand-mère a ri. «Pourquoi quelqu'un voudrait-il blesser Marimose? Les gens nous aiment, tout le monde nous aime. Nous donnons les meilleurs fruits, nous sommes une terre fantastique !»

«Et nous avons un fléau, Manuel dit que ce n'est peut-être pas le destin.»

«Tais-toi, Meleana, sinon je te ferai donner une fessée. Nous avons les meilleurs fruits de toute la terre, nos eaux sont les plus propres, notre vin n'est jamais fade. Nos vaches sont les plus grosses de la vallée, nos chevaux courent le plus vite. Qui rêverait de nous faire du mal?!

«C'est le destin, ma fille, restons humble et acceptons notre sort. Notre histoire est douce, ce n'est qu'un rebondissement de l'intrigue, ce sera bientôt fini, tu ne vois pas?»

Ana a coupé le visage de Meleana dans ses mains. «L'isolement nous donnera tout le temps de réfléchir et de faire des génuflexions sur nos vies et dans la nature. Laissez chaque famille rester à l'intérieur, et peut-être, elles verront la seule chose à laquelle elles ont été aveugles tout le temps.

«Ana?!» Meleana a protesté.

«Silence maintenant», s'est exclamée Ana à Meleana. «Va donc dans ton lit !»

«Mais il est midi !»

«Et le lit disparaît à midi? Va dans ta chambre et verrouille la porte ...» Ana toussait. «Ne me touche pas.» Elle toussa à nouveau et descendit à genoux, giflant sa poitrine.

Meleana a paniqué et s'est précipitée pour l'aider. «Ana » s'écriat-elle, effrayée. «Un peu d'aide corporelle !»

«Tais-toi, Meleana», grogna Ana, s'efforçant de parler entre les toux. «Tu ne peux pas envoyer la panique à travers le reste du VILLAGE. Aides-moi à descendre dans ma chambre.

Meleana a aidé Ana à se lever et l'a conduite dans sa chambre.

«Ça va aller», dit Ana, assurée. «Tout ce dont j'avais besoin, c'était d'un bon sommeil.»

Meleana attrapa un couteau et un panier dans la cuisine et sortit de la maison. Elle passe devant des pommiers qu'elle secoua pour avoir un peu de pommes, a sorti les graines et les a coupées en petits morceaux. Elle a ensuite continué jusqu'à la place du village.

«Hé Robinho,» dit-elle en rayonnant de mille feux.

L'énorme chien noir et blanc se leva à ses pieds, remuant la queue avec enthousiasme. Cela ne faisait que deux jours, mais elle et

Robinho avaient formé un lien profond. On aurait presque dit qu'ils s'étaient connus toute leur vie.

Elle défait le loquet et ouvrit la porte pour qu'il sorte de la cage.

«Tu es la seule personne qui soit plus téméraire que moi», a déclaré quelqu'un derrière elle.

Robinho secoua tout son corps et sortit, reniflant Meleana. Son nez attrapa l'odeur des pommes dans le panier et il les atteignit avec sa langue.

«Manuel !» Meleana cria, excitée.

Le vieil homme fronça les sourcils, grattant les chaumes blancs sur ses joues. «Pourquoi est-ce que je pense que tu es excitée de me voir?»

«Oh,» Haleta Meleana, rougissant douloureusement. «Je ne suis pas excitée de vous voir.»

«Maintenant, tu me brises le cœur», dit Manuel. «Tu as rencontré ce gros chien il y a trois jours, et maintenant tu le laisses errer partout avec toi.»

Meleana souhaitait que grand-mère soit là pour voir Manuel sobre et sans vomi. Bien qu'il y ait eu une bouteille de ce qui ne pouvait pas être de l'eau avec lui.

«Je ne pense pas que Robinho soit dangereux», a déclaré Meleana, elle a levé la main pour toucher le chien et il a répondu avec un grognement bas. Elle reprit immédiatement sa main et gloussa nerveusement. «Peut-être que je ne devrais pas encore précipiter les choses.»

«Excellente idée,» dit Manuel, «Maintenant, vous mourez d'envie de me demander? La curiosité est partout sur ton visage comme de l'alcool dans le vin.»

Meleana rit nerveusement et haussa les épaules. «J'ai peut-être ou non entendu parler des hommes masqués que vous avez vus.»

Le rire sur le visage de Manuel se transforma lentement en froncement les sourcils. «Je ne sais pas de quoi tu parles», dit-il en s'apprêtant à partir.

«Grand-mère est infectée», a déclaré Meleana, à voix basse. «Si vous me dites ce que vous savez, je pourrais peut-être la convaincre que ce n'est pas une maladie naturelle comme elle le suppose.»

«Ta grand-mère a dit que c'était une maladie naturelle?» Demanda Manuel, un peu incrédule se voyant sur son visage.

Meleana baissa la tête et soupira. «Elle a dit que tout ce que nous avons, c'est de la nourriture et du bois, et ne pense pas que quiconque devrait nous attaquer pour cela.»

Manuel prit une gorgée de sa bouteille. «La nourriture est une raison suffisante pour attaquer, ajoutez du bois à cela et vous pouvez faire du maïs rôti. Ta grand-mère est douce, et c'est précisément mon problème avec elle. C'est une femme gentille.

Maleana croisa les bras sur sa poitrine et fit la moue. «Vous êtes une personne gentille.»

«Qui? Moi? Dit Manuel en se montrant du doigt. «Je suis ivre. Les gens ivres ne sont pas gentils, souvenez-vous toujours de ça.»

«Vous semblez boire pour oublier quelque chose», a-t-elle dit, «Et non, je ne jugerai pas les gens en fonction de leurs habitudes.»

«Vous les jugerez en fonction de quoi?»

«Leur caractère», répondit-elle avec un éclat.

«Les habitudes sont les petits blocs qui composent la maison appelée caractère», a déclaré Manuel. «Votre grand-mère a probablement raison, alors rentrez chez vous et prenez soin d'elle.»

«Dis-moi ce que tu as vu», dit Meleana.

Manuel a toussé. «Je n'ai rien vu.»

«Vous avez vu des hommes en costume tirer du gaz en l'air», a déclaré Meleana.

«Vous ne savez même pas ce qu'est un costume», se moqua Manuel.

«Oh, mais je le fais», a déclaré Meleana fièrement. «J'ai lu toutes sortes de choses chez Tean. Son père a une boîte pleine de livres et de magazines et Tean m'a appris à les lire.»

Manuel gémit. «Très bien,» dit-il enfin. «Mais vous ne pouvez en parler à personne, vous n'êtes pas non plus autorisé à faire quoi que ce soit d'irréfléchi.»

Meleana a balancé sa tête avec affirmation, bien qu'elle n'ait pas entendu plus de la moitié de ce qu'il a dit dans son excitation.

Manuel regarda à gauche et à droite, avant de se pencher vers Meleana.

«Vous connaissez déjà les hommes en costume, alors pourquoi ne pas vous dire ce que vous ne savez pas?»

Les oreilles de Meleana se tenaient droites à cela, et elle se pencha plus près.

«Quand les hommes parlaient, je les ai entendus dire quelque chose sur le fait d'obtenir plus de ce gaz diabolique du bonsaï.

L'un d'eux a dit «Nous sommes sortis, pouvons-nous en avoir plus?» et un autre a répondu par «Pas maintenant, nous devrons d'abord retourner au dépôt de Bonsaï.»

Le visage de Meleana pâlit et ses lèvres tremblaient comme si elle avait un mauvais rhume. «Que ce soit la plupart !» cria-t-elle, excitée. «Mais vous n'avez pas dit cette partie à Grand-mère et aux autres.»

Non, répondit Manuel en prenant à nouveau une gorgée de sa bouteille. Il soupira alors que la boisson brûlait dans sa gorge. «Certaines personnes ont cette image parfaite dans leur tête. C'est comme un rêve qui joue dans la réalité et ils ne veulent pas qu'il soit brisé.

«Votre grand-mère a travaillé si dur pour garder Marimose civile et calme. Je ne suis pas sûr qu'elle veuille croire que quelque chose de mauvais va lui arriver.»

Robinho renifla bruyamment le visage de Meleana et elle tint son nez avec deux doigts.

«Mais pourquoi Ana ne voudrait-elle pas croire cela? Je pense que c'est faux !»

«Je pense que ‹Ana a peur de ne pas avoir le pouvoir de défendre Marimose si cela se résume à cela.

C'est une vieille femme maintenant. Et d'ailleurs, l'ours noir se lâche. Savez-vous que l'ours noir n'apparaît que lorsque Marimose est en danger?»

Manuel se couvrit la bouche trop tard pour arrêter une éructation. «Désolé pour cela», a-t-il dit. «Il n'y a rien que vous allez faire avec toutes ces connaissances. Tu vas juste être aussi misérable que moi. Emmènes ton chien et rentres chez toi pour prendre soin de ta grand-mère.

Meleana soupira, abattue.

«Connaissez-vous les gens les plus difficiles à convaincre?» Demanda Manuel, soudain.

«Quoi? Non, non.

«Ceux qui ne veulent pas écouter,» dit l'homme à moitié ivre. «Parfois, vous devez sauter la partie convaincante et aller à la partie faire.»

Meleana regarda Manuel s'éloigner d'elle. Elle allait penser à ce qu'il lui disait, mais Robinho l'a poussée sur le côté. Le chien était si grand qu'il a atteint sa taille.

«Hé mon pote,» dit-elle, «courons à la maison.»

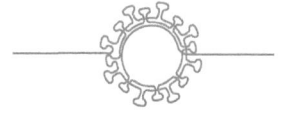

CHAPITRE 6

LES SERVITEURS DAROL

Chapitre six

Les serviteurs Darol

Takel attendait dans un entrepôt à six pâtés de maisons du palais. Il portait un masque en caoutchouc noir et une combinaison moulante noire. Et comme toutes les autres fois, son œil gauche était recouvert d'un cache-œil en cuir rouge.

Trois autres hommes vêtus de vêtements similaires se tenaient devant lui comme s'ils s'attendaient à un grand discours de sa part.

Écoutez-moi attentivement, dit Takel en chuchotant.

Même s'il n'y avait aucun signe que quelqu'un d'autre était là avec eux, il ne pouvait pas se débarrasser du sentiment qu'ils étaient surveillés. Et il était difficile de ne pas se sentir *surveillé* si son but était d'infecter la reine d'un royaume avec un virus. Et en plus dans sa chambre privée.

«Qui sommes-nous ?» Dit Takel aux hommes.

«Les serviteurs !» répondirent les hommes.

«Qui servons-nous?» Demanda-t-il encore.

«le premier ministre Darol !»

«Jusqu'où irons-nous ?»

«Nous sacrifierons nos vies et nos familles pour l'honneur de notre premier ministre Darol», ont-ils chanté.

«Très bien», dit Takel, inspectant les hommes debout à l'attention avec des yeux fiers. «Notre mission est simple. Nous allons infiltrer le palais, escalader les murs et trouver le chemin vers la reine.

Par la suite», il sortit une petite cartouche attachée à sa ceinture. «Nous utilisons le Bacille 19 sur elle pour la faire mourir. Est-ce que c'est compris?»

«Oui monsieur !»

Il se tenait devant l'homme du milieu ; ledit homme tenait une boîte en papier d'emballage dans les deux mains. «Je le prends c'est le paquet?»

Oui monsieur, répondit l'homme, dans une basse profonde.

«Allez le mettre à cet endroit, et revenez ici immédiatement», a déclaré Takel, «nous travaillerons là-dessus une fois que nous reviendrons - si nous revenons.»

L'homme a couru jusqu'au coin nord-est de l'entrepôt vide et y a laissé tomber la boîte. Il est rapidement revenu pour reprendre sa position.

«Qui sommes-nous ?» Demanda Takel.

"Les serviteurs !"

«Qui servons-nous?»

"Notre premier ministre Darol !"

«Dites-moi jusqu'où nous irons !»

«Nous sacrifierons nos vies et nos familles pour l'honneur de notre premier ministre Darol !»

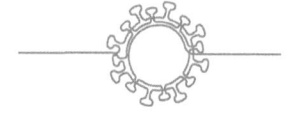

CHAPITRE 7

LES NOUVELLES

Chapitre sept

Les nouvelles

Le roi Aaron et la reine Rose étaient assis à table du dîner tardif de la nuit. Une ampoule au-dessus d'eux éclairait la pièce d'une lumière jaune froide.

La reine Rose était dans une tenue moins formelle, mais pour une réunion, elle se serait retirée dans sa chambre.

Le roi Aaron bâilla. Il tendit la main et prit une fraise dans un bol en laiton devant lui. «C'est délicieux», a-t-il dit en mordant dans le fruit. «Vous devriez en prendre.»

La reine a simplement agité la main pour le congédier. «Je préférerais que non, mon roi», dit-elle. «Vous devriez vous laver quand vous avez fini de manger.»

Le roi haussa les épaules. «Est-ce nécessaire?»

La reine Rose fronça les sourcils. «C'est précisément ce que vous avez dit la dernière fois.»

«La dernière fois, c'était des oignons», dit le roi Aaron en riant. «Je n'ai jamais su qu'ils feraient mal à la bouche après une heure ou deux.»

«Tout le monde sait qu'ils feraient mal à la bouche du jour au lendemain», a déclaré la reine Rose, avec le ton d'une mère corrigeant un enfant têtu.

Quelqu'un se tenait à l'entrée de la salle à manger et s'inclinait. «Vos majestés», dit-il.

«Astor? Est-ce que c'est vous? Demanda la reine Rose. «Dépêchez-vous et entrez. Nous avons beaucoup de choses à nous dire, cela fait si longtemps que nous ne nous sommes pas vu.»

L'homme Astor s'approcha du couple royal et quand il fut assez proche, s'inclina à nouveau.

Il portait une veste en cuir noir qui atteignait quelques centimètres au-dessus de ses genoux. Des gants noirs gardaient ses mains au chaud, une poignée sans lame pendait de sa ceinture. Peut-être, plus intéressant à savoir était comment il a réussi à marcher dans ses bottes sans un son.

Astor avait les yeux gris brumeux, les cheveux courts de couleur sable et était de corpulence moyenne. Il sourit un peu.

«La reine doit être malheureuse en ce moment», a déclaré Astor.

Le roi et la reine se sont jetés des regards.

«Je veux dire,» a poursuivi Astor, «Vous mangez des collations tard dans la nuit.»

Le roi Aaron renifla et faillit casser une côte de rire étouffant, tandis que la reine roulait simplement des yeux. «C'est malsain», a-t-elle dit, «Qu'est-ce qui ne va pas avec vous deux? Je vous sens très en forme pour plaisanter»

Le roi Aaron s'éclaircit la gorge à ce sujet. «Je vous demande pardon, madame», dit-il d'une voix vive et formelle. «Mais je crois que cela fait du bien de plaisanter. N'est-ce pas, Astor?»

Astor balança la tête. «Un roi peut difficilement se tromper dans son propre palais, monseigneur.»

«Assez de vos blagues, vous deux», dit la reine Rose, d'une voix qui indiquait le sérieux. «Il est temps d'être sérieux.»

«Assez de blagues», se dit le roi Aaron, pour éclater de rire la seconde suivante. «Je suis désolé», dit-il entre deux rires. «Mais chaque fois que vous me demandez d'être sérieux, je reçois cette envie soudaine de ne pas être sérieux.»

La reine Rose regarda, Astor transforma un ricanement en toux.

«Astor, quel est le rapport sur cette nouvelle maladie qui circule?» Demanda-t-elle en fixant ses yeux sur la garde devant elle.

«Nous avons enregistré au moins une centaine de personnes atteintes de la maladie», répondit Astor, tristement. «Il n'y a pas encore de mort, mais nous craignons que les symptômes ne soient peut-être un précurseur de quelque chose de pire.»

Le roi Aaron soupira, solennellement. «J'espère que ce n'est pas le cas, comment se propage la maladie?»

«Des études menées montrent que les symptômes sont répandus dans la région de Samlu, pas trop loin des frontières de Marimose. D'autres qui l'ont été en contact avec les gens de Samlu.»

«C'est aéroporté alors», dit pensivement la reine Rose.

Oui, madame, répondit Astor avec un arc. «Nos scientifiques analysent les personnes infectées, mais je crains que nous n'ayons rien de solide pour l'instant.»

Je veux que vous vous penchiez là-dessus, Astor, dit la reine. «Je ne peux pas me débarrasser du sentiment que quelqu'un est derrière cela.»

«Peut-être que personne n'est derrière cela», a déclaré le roi Aaron. «Des choses se produisent à chaque époque.»

Oui, peut-être, dit la reine Rose, mais peut-être que c'est quelqu'un qui est derrière tout ça cette fois-ci. Votre principale responsabilité est d'examiner cette question, Astor.»

«Nous servons le peuple et devrions tout lui donner, y compris nos gardes personnels», a déclaré la reine Rose.

«Je quitterais volontiers le trône si c›est le coût pour vous sauver », a déclaré le roi Aaron, passionnément. «Rien ne peut vous arriver.»

La reine Rose posa une main sur le côté du visage du roi. «N'ai-je pas dit que tu étais un bon roi?» Dit-elle en riant. «Qui serait assez fou pour attaquer la reine dans sa chambre? Sauf bien sûr, pour Darol.»

Le roi Aaron renifla. «Darol est un homme bon», a-t-il dit. «Je ne sais pas pourquoi tu es si prise avec lui. La seule chose que je déteste chez lui, c'est sa stupide moustache.»

«J'espère pour votre bien et le mien que vous avez raison», dit la reine. «Retournez à Samlu, Astor, et rassemblez plus d'informations sur la question. Aussi, voyez si vous serez en mesure d'entendre quelque chose de Marimose, nous devons savoir qu'ils sont à l'abri de cela.»

Oui, votre majesté, dit le guerrier. «Conformément à votre sécurité, je vous supplie de fermer les portes de votre balcon cette fois-ci.»

Astor s'inclina profondément et se retira de la salle à manger.

«C'est un bon garde», a déclaré le roi Aaron.

La reine Rose se leva. «Oui mon roi», a-t-elle dit c'est un bon garde, mais au fait éviter de vous gaver de fraises avant d'aller au lit. Bonne nuit, mon roi.

Le roi Aaron grogna. «Jetez le roi et appelez-moi par mon nom, ne sommes-nous pas seuls maintenant?»

Très bien, bonne nuit Aaron, dit la reine Rose en sortant de sa chaise.

«Et pas de baiser? Pas de baiser de bonne nuit?»

La reine planta un doux baiser sur chacun de ses yeux. «Cela aurait pu être votre bouche, mais vous n'abandonnerez pas les fraises et les collations de fin de soirée.»

Le roi Aaron gémit. «Rose, penses-tu que Darol est chauve? Pourquoi porte-t-il un turban?»

«Bonne nuit, roi Aaron.»

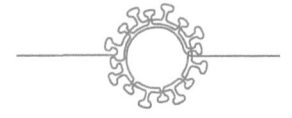

CHAPITRE 8

UNE SORTIE DU PARADIS

Chapitre huit

Une sortie du Paradis

Grand-mère Ana avait paniqué quand elle avait vu Robinho assis dans le salon. Meleana était dehors à ce moment-là, et elle n'était tout simplement pas préparée à la vue d'un énorme chien couvert de poils dormant sur une chaise dans sa maison.

Le résultat fut plutôt bruyant; Ana criait ses poumons et Robinho, effrayée, aboyait en retour aussi fort qu'il le pouvait.

«Grand-mère, tu as peur Robinho», dit Meleana, alors qu'elle courait à l'intérieur.

Ana avait l'air bouleversée. «J'ai peur du chien? Je ne suis pas le géant aux dents acérées ici ! Et pourquoi l'as-tu ramené à la maison?»

Meleana se précipita et guida Ana vers une chaise, la plus éloignée de Robinho. Ana et Robinho se considéraient avec une méfiance apparente.

«Le village semble vide», a déclaré Meleana. «Il n'y a personne sur la place, pas même les petits chiens. Suis-je censé le laisser seul là-bas ?»

Ana toussa et renifla. Meleana tendit la main et posa une main sur le front de sa grand-mère.

«Tu brûles !» Dit-elle, surprise.

N'exagérez pas les choses maintenant, dit Ana en soupirant. «S'il te plaît, procurez-moi un verre d'eau.»

Meleana est allée à la cuisine et a versé l'eau dans le verre. Mais quand elle est revenue, Ana n'était pas sur la chaise ; elle s'était effondrée sur le sol, inconsciente et brûlante.

«Grand-mère, grand-mère !» s'écria Meleana, elle souleva la tête de grand-mère du plancher en bois et la posa sur ses genoux.

Tout son corps était chaud de fièvre. Meleana a paniqué. Tant bien que mal elle à réussit a traînée grand-mère dans sa chambre et l'a mise sur le lit.

Ensuite, elle s'est dépêchée d'obtenir un bol d'eau et une serviette, et a commencé à lui tamponner le front. Il était minuit avant que la température d'Ana ne commence à revenir à la normale.

Ana ouvrit les yeux et demanda de l'eau. Meleana se retourna et trouva Robinho tenant la jarre dans sa bouche. La moitié de l'eau a été déversée, mais la moitié restante était plus que suffisante pour la donner à grand-mère.

«Merci, Robinho», dit-elle au chien. Il soupira et sortit de la chambre d'Ana.

Il n'y avait pas le temps d'obtenir un verre ; Meleana penche la jarre et la mit à la bouche d'Ana. La femme âgée en buvait fiévreusement.

«Grand-mère», dit Meleana en tenant les mains chaudes d'Ana. «J'ai peur.»

Ne le soies pas, dit Ana. «Cette tempête passera. C'est juste la nature qui fait ce qu'elle veut.»

Meleana voulait soulever la question des hommes masqués pulvérisant du gaz à l'extérieur de la frontière, mais elle n'était pas d'humeur à se disputer avec sa grand-mère cette nuit-là.

Comme l'avait dit Manuel, «les personnes les plus *difficiles à convaincre étaient celles qui ne voulaient pas écouter*».

Quand elle jeta à nouveau un coup d'œil Ana dormait. La douleur et l'inconfort qu'elle traversait étaient évident sur son visage, même si elle dormait.

Meleana se leva du chevet et sortit de la pièce. Elle devait voir Manuel.

«Hé, Robinho. Viens avec moi.»

Robinho est descendu de la longue chaise tissée qu'il prétendait maintenant être la sienne et a galopé après Meleana.

Il était tard, et partout il faisait sombre. Mais Marimose était son village, sa maison, et c'était là qu'elle a vécu toute sa vie.

Elle trouva Manuel dans sa maison, ivre et endormi dans son propre vomi. Il ne pouvait même pas entrer dans sa maison. Son corps était à l'extérieur de la maison, tandis que sa tête était dans la porte ouverte.

Meleana était furieuse. Elle attrapa un seau, se dirigea vers un puits voisin et le remplit d'eau. Elle a ensuite vidé le conteneur sur Manuel.

L'homme a sauté en l'air comme s'il avait été aspergé d'eau chaude, criant : «inondation, inondation».

Quand il était plus calme, il a été étonné de trouver Meleana et Robinho le regardant.

«Ne me prêchez pas», dit Manuel.

«Je vais en ville», a déclaré Meleana. «Et il faut veiller sur le village pendant mon absence.»

Manuel se moqua et laissa échapper un guffaw bruyant. «Vous mettez un ivrogne à la tête d'un village entier? Je suis déçue de toi, Meleana.»

«On dirait que nous partageons tous les deux une chose en commun», a déclaré Meleana, se rapprochant de Manuel, il était adossé au mur.

Robinho était derrière elle, fournissant à ses paroles le grognement et le grognement nécessaire.

«Annnnd, qu'est-ce que c'est?» Demanda-t-il timidement. Regardant Meleana et le chien

«Nous ne sommes pas affectés par la déception des autres. Nous sommes tous déçus que vous continuiez à vous saouler et à vous endormir partout, mais avez-vous changé? Non, pas du tout.

«Je suis un ivrogne», dit Manuel, toujours pressé contre le mur de sa maison. «Mon cas est compréhensible.

«Et j'ai un village à sauver, mon cas est sûrement plus COMPRÉHENSIBLE.»

«Oui ... C'est le cas», a admis Manuel acculé.

«Je partirai à l'aube», dit Maleana en s'éloignant de Manuel. «Et vous ne pouvez pas dire à ma grand-mère où je suis allé.

Mais ce n'est pas tout. Vous devez dire à tout le monde d'avoir un bol d'eau et une serviette prêtes pour quand les malades commencent à chauffer.

«Et Manuel?»

«Oui?»

«Nourrissez les gens de Marimose.»

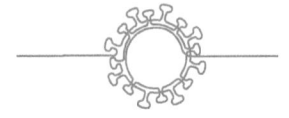

CHAPITRE 9

MISSION BACILLE 19

Chapitre neuf

Mission Bacille 19

Takel et ses trois cohortes sont sortis de l'entrepôt cette nuit sans lune. À l'exception de quelques étoiles qui scintillaient faiblement dans le ciel, il aurait été noir foncé.

Les lampadaires étaient allumés, cependant. Mais ils n'avaient pas l'intention de prendre la route, au lieu de cela, ils se sont frayé un chemin à travers les rangées soignées des maisons. Escalader des clôtures si nécessaire et d'autres fois, marcher sur les murs.

Il était impossible d'amener une voiture aussi près du palais sans éveiller les soupçons. Et en plus, ils ont dû grimper dans le palais en escaladant le mur. Il n'était guère raisonnable que des hommes masqués essaient d'entrer par la porte d'entrée.

Les quatre exécuteurs sadiques se sont mis à l'oeuvre, courant comme des assassins du Moyen-Orient. Ils ont sauté dans une enceinte ou se trouvait deux énormes chiens. Pour certaines raisons, les chiens n'ont pas aboyé avant d'attaquer. L'un des quatre hommes a été tué déchiqueté par les chiens, laissant Takel et les deux autres continuer la mission.

En courant sur le toit des commerces de la ville, ils devaient faire attention, car l'ardoise utilisée pour la toiture des maisons à Geround n'était pas assez solide pour supporter leur poids. Donc, l'astuce était de marcher sur des zones soutenues par du bois sur les côtés.

Ils étaient à plus de la moitié les uns des autres lorsque l'un d'eux a fait un faux pas et est tombé à travers le toit.

Un cri fort a éclaté dans la maison. Puis une autre voix grave a dit. «Faites-vous une brochette de viande? Parce qu'il y a un homme qui vient de tomber dans le four.»

Takel et le dernier homme ne se sont pas arrêtés, ils avaient encore leur mission devant eux. Ils ont appris que leur homme est tombé dans la maison ou était en train de cuire du pain, une malchance qu'ils ne comprendraient jamais.

Ils sont arrivés au mur de douze pieds de haut du palais et ont jeté leur ligne et leurs crochets par-dessus la clôture. Le duo a escaladé le mur du dernier commerce et a sauté, à l'impact le dernier homme se foule la cheville.

Takel siffla amèrement. «Vous êtes tous des incapables, Bande de vaut rien», a-t-il dit à travers les dents serrées.

Il courut à travers la grande étendue de champ vert, notant le balcon de la reine à trois étages au-dessus du sol. Takel sortit un crochet de fer attaché à sa taille et commença à escalader le mur de briques rugueuses.

Après beaucoup de grognements, de tractions et le nombre de fois qu'il a presque failli tomber du mur, il a réussi à atteindre le balcon en grimpant.

Takel jeta un coup d'œil à l'intérieur de la pièce mais ne put rien voir. De là où il se tenait, il pouvait voir que les portes vitrées qui menaient à la chambre de la reine étaient ouvertes. Auxdites portes, il y avait de la lumière, des rideaux blancs battant étrangement dans l'obscurité.

Takel sortit le canister de bacille 19 attaché à sa taille. Il s'approcha de la porte vitrée et tira le rideau de côté. Il y avait un lit assez large au moins pour quatre personnes en plein centre de la chambre. Takel pouvait distinguer le contour d'une silhouette sur le lit.

Il sourit, prit la cartouche de sa taille et l'ouvrit. Il roula ensuite le sifflement vers le lit. C'est fait !

Takel sourit intérieurement, fier de son exploit. Il se retourna, descendit le balcon et disparut de l'enceinte du palais.

Une fois de retour à l'entrepôt, au moins vingt hommes l'attendaient. Tous étaient masqués, mais pas habillés pour une mission d'infiltration comme Takel.

Takel est allé dans un coin de l'entrepôt et a pris la boîte brune qui y était conservée plus tôt. Il l'a ouverte et en a fait ressortir le contenu.

«Votre travail consiste à propager le produit à l'intérieur de ces boites», a déclaré Takel. «Jetez-les dans les maisons et assurez-vous de ne pas être vu. Si vous êtes pris, vous savez ce qu'il vous reste à faire.

Il s'arrêta et les regarda longuement. «Qui sommes-nous?!»

"Les exécuteurs !"

«Qui servons-nous?»

"Darol !"

«Dites-moi jusqu'où nous irons !»

«Nous sacrifierons nos vies et nos familles pour l'honneur de notre premier ministre Darol !»

Bien, pensa Takel, *très bien. Parce que vous allez tous sacrifier vos familles. Mais ça vous n'en saurez rien, c'est mon secret se dit il narcissiquement.*

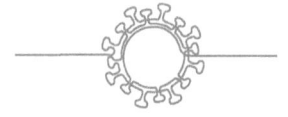

CHAPITRE 10

PARTIR DE LA MAISON

Chapitre dix

Partir de la maison.

Une fois que Meleana a vu qu'elle était capable de convaincre Manuel, elle s'est dépêchée de rentrer chez elle pour faire des préparatifs. Elle ne s'attendait pas à avoir besoin de quoi que ce soit d'autre que de la nourriture et de l'eau.

Elle a choisi un sac tricoté et l'a rempli de fruits, a enveloppé des poissons fumés dans des feuilles et les a jetés dans son sac. Elle a trouvé une bouteille et l'a remplie d'eau.

Sortir du village n'était pas difficile, mais ça allait être difficile de sortir de la maison avec la pointe des pieds, sans que sa grand-mère s'en aperçoive.

Elle jeta un dernier coup d'œil à sa grand-mère Ana qui dormait encore. C'était presque l'aube, et malade ou non, elle savait qu'Ana se réveillerait d'ici peu.

Meleana a trouvé Manuel qui attendait à l'extérieur de la maison. Il avait l'air sobre et triste.

«Devez-vous vraiment y aller?» Demanda-t-il. «Je déteste être celui qui annoncera la nouvelle à ta grand-mère. Elle va me déchiqueter comme un tigre.»

Meleana gloussa. «Je dois dire au roi ce qui se passe», dit-elle. «Grand-mère m'a toujours dit que c'était un homme bon.»

«Oh, c'était un homme bon la dernière fois que je l'ai vu», a déclaré Manuel. «Mais soyez prudente. Celui qui fait cela veut probablement nous chasser de notre village, on ne peut pas laisser cela se produire, d'accord?»

«Heureusement que personne ne connaît le chemin vers notre village», a déclaré Meleana.

Manuel gloussa, pensez à Marimose comme une porte où nous sommes tous les clés. Vous devriez partir maintenant avant que votre Grand-mère se réveille, et j'espère que vous ne rencontrerez pas l'ours noir en chemin.»

«Que dois-je faire si je le rencontre?» Demanda Meleana, alors qu'elle partait loin de la maison.

«Offrez-le à votre chien et espérez qu'il l'aimera», a déclaré Manuel en souriant.

Robinho grogna contre l'homme.

«D'accord, prenez ce monstre et partez», dit Manuel avec empressement.

«Allez, Robinho, a exhorté Meleana, partons sur notre chemin.»

Le chien regarda Manuel et rejoignit Meleana qui partait.

Le premier instinct de Meleana a été de se rendre chez Tean. Il en savait tellement sur la ville et avait des cartes et toutes sortes de choses. Et, elle savait qu'il serait heureux de partager avec elle un peu d'aventure.

La maison de Tean était un peu du côté extrême de Marimose. Au moment où elle est arrivée, le ciel commençait à prendre la teinte grise terne de l'aube qui approchait.

La maison avait deux pièces, les fenêtres étaient verrouillées et il y avait des feuilles sèches partout, donnant à l'endroit un aspect hanté.

Tean vivait seul mais il n'était pas vraiment bien à cheval sur l'ordre des choses. Cependant, il aimait que les fenêtres soient ouvertes et que les sols soient propres.

«Tean?» Meleana appela d'une voix timide. «Tean? Êtes-vous à la maison?»

Elle a poussé la porte et a constaté qu'elle n'était pas verrouillée. Robinho était derrière elle, l'air alerte et aussi tendu que Meleana.

«As-tu peur?» Demanda Meleana.

Le chien gémit et détourna les yeux. Elle se demandait si elle allait faire un malaise.

Meleana a fait un pas calculé dans la maison. Elle poussa la porte plus loin et elle s'ouvrit avec un fort grincement qui accéléra son rythme cardiaque.

L'intérieur de la maison était sombre. La cheminée était froide et il ne restait plus que de la cendre. Il y avait une chaise avec deux pieds cassés dans le salon.

Tean a déclaré que s'asseoir sur la chaise était l'une des raisons pour lesquelles il avait développé des douleurs dorsales.

Il y avait quelques paniers tissés éparpillés ici et là autour de la maison.

Elle est allée dans la chambre, et là elle a trouvé Tean sur le lit. Il était couvert d'un long drap blanc et frissonnait terriblement.

Meleana haleta d'horreur. «Tean !» s'écria-t-elle en courant à ses côtés. «Qu'est-ce qui t'est arrivé?»

«Hé, tu n›as pas été te baigner aujourd'hui?», dit-il en souriant faiblement.

Meleana poussa rapidement les fenêtres de la pièce ouvertes. Il était là, transpirant et frissonnant en même temps. Son visage était pâle et blanc. Il était couvert jusqu'au cou.

«Hé,» dit-elle, «Je suis désolée grand-mère est aussi malade, comme presque tout le monde dans le village, et je vais en ville pour dire au roi de nous aider.»

«Oh, c'est tellement bienveillant!» dit Tean, toussant et souriant fiévreusement. «Je devrais aller avec toi.»

Il s'est levé avant que Meleana ne puisse l'arrêter, puis s'est effondré au sol.

Elle a crié.

Il a fallu un certain temps pour le remettre sur le lit; son poids montrait que porter Grand-mère était une promenade dans le parc. Une chose qu'ils avaient tous en commun c'était la fièvre – son corps était assez chaud pour faire fondre une bougie.

Elle sortit sa propre bouteille d'eau et la lui donna. Il a réussi à mettre celle-ci dans sa bouche.

«Je suis désolé», dit-il en sanglotant. «Je pense que je vais mourir cette fois.»

«Silence», lui claqua Meleana. «Vous n'allez pas mourir, personne n'est jamais mort jeune à Marimose.»

«Vraiment? Je devrais battre ce record alors, entrer dans l'histoire», a déclaré Tean en souriant de manière déséquilibrée.

«Ha, très drôle,» se moqua Meleana. «Comme c'est gentil de votre part de plaisanter sur la mort quand vous êtes sur votre lit de malade.»

«Cela pourrait être pire», a déclaré Tean. «Cela pourrait être un lit de mort.»

«Mais ce n'est pas le cas. Je devrais te ramener chez grand-mère, dit Meleana, tu as besoin d'aide et je ne veux pas que cela se produise à nouveau.»

Tean toussa amèrement, lui vissant le visage. «Ne vous êtes-vous pas faufilé pour venir ici?» Demanda-t-il.

Meleana fronça les sourcils. «Comment le saviez-vous ?»

«Ce n'est même pas encore l'aube», dit Tean, «Ana ne vous laissera pas hors de sa vue à ce moment-là. Et d'ailleurs, n'avez-vous pas dit qu'elle était malade? Comment un malade est-il censé prendre soin d'un autre malade?»

«Manuel est avec elle», a déclaré Meleana.

«Si jamais tu retournes chez toi, Ana ne te laissera pas partir. Elle t'enfermerait et tu ne sortiras jamais de Marimose.»

Meleana savait que Tean avait raison. Mais quand même, il devait y avoir quelque chose qu'elle pouvait faire.

«Très bien», dit-elle, gagnant une ombre suspecte des yeux de Tean «Mais tu devras me prendre de la nourriture. Et de l'eau.

Elle a attrapé un panier déchiré à proximité et a commencé à le remplir de fruits et d'un peu de poisson fumé. Elle avait prévu de réserver le reste à Robinho, qui attendait probablement avec impatience à l'extérieur. Dommage qu'elle ne l'ait même pas encore présenté à Tean.

«Vous n'aviez pas à le faire,» dit Tean en larguant les yeux.

«C'est à cela que servent les amis», a déclaré Meleana. «Ils s'entraident, aux dépens des uns aux autres.»

Tean essuya ses larmes avec ses mains faibles, en la regardant.

Maleana se décide à partir de chez Tean avec moins de la moitié de la nourriture qu'elle gardait pour son voyage, sans sa bouteille d'eau, une paire de chaussures en lambeaux que Tean lui a donné, une photo de son père... Au cas où elle le trouverait.

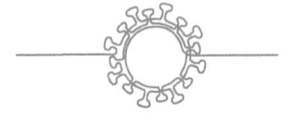

CHAPITRE 11

FUIR LA MORT

Chapitre onze

Fuir la mort

Meleana ne s'était jamais sentie aussi fatiguée de sa vie. Quand elle est partie de chez Tean pour la première fois, elle s'était sentie joyeuse et excitée. Surtout avec la sensation de chaussures sur ses pieds, c'était doux et rebondissant.

Et souvent, elle entendait Robinho grogner son mécontentement face à son excitation.

Meleana pensait qu'il était un animal réincarné de sa grand-mère.

Il était déjà presque midi et elle marchait toujours sur le bord de la route où elle pouvait se cacher à l'ombre des arbres si quelqu'un venait.

Au coucher du soleil, son sac avait été considérablement vidé de l'alimentation de Robinho. Et sa réserve d'énergie aussi ; c'était comme si ses os s'étaient transformés en plomb et étaient maintenant deux fois plus lourds.

«Pourquoi personne ne m'a dit que c'était si loin?» Demanda-t-elle.

Robinho répondit avec un aboiement.

«Oui, pensez-vous qu'Ana aurait pu m'aider? Peut-être qu'elle m'aurait puni pour avoir pris la liberté de partir si loin de Marimose», a-t-elle déclaré, traînant les pieds dans la poussière.

Le soleil commençait à se coucher quand ils aperçurent la rivière. Une fois qu'elle l'aurait traversé, elle se retrouverait en quelque sorte à la frontière de la ville.

Meleana tomba à genoux de soulagement. Nous y sommes presque , dit-elle à Robinho. Demain, le roi nous aura renvoyés sur notre chemin avec des médicaments et des médecins.

Grogner.

Elle se leva et se tourna vers le chien. «Oh, arrête de grogner si violemment, Robinho. Tu devrais être un bon garçon !»

Robinho gémit.

«Je sais que tu es désolé, mais ...»

Grogner.

Meleana fronça les sourcils. Elle posa une main sur sa taille et l'autre sur le menton. «D'accord,» dit-elle, toujours face à Robinho. «Cela ne semblait pas venir de vous. Cela semblait venir de cette direction...»

Robinho et Meleana tournaient la tête très lentement dans la direction du son.

«Oh, c'est un ours», dit Meleana, faiblement. Ses genoux fondirent à la vue de la magnificence meurtrière noire à vingt pieds de distance.

Elle se tourna pour regarder Robinho mais il ne se tenait plus à côté d'elle. Le chien courait vers la rivière.

«J'aurais dû écouter Tean !» Cria-t-elle et se jeta en direction de la rivière.

L'ours rugit derrière elle et commença une poursuite chaude après elle.

Meleana pouvait voir Robinho, une boule de fourrure blanche et noire, courir devant elle.

Elle a alors commencé à crier Robinho attends-moi en courant le plus vite qu'elle pouvait.

Tout ce qu'elle avait en tête était de se rendre à la rivière avant que l'ours ne l'atteigne. Robinho est arrivé à la rivière en premier, mais il n'a pas sauté dedans, au lieu de cela, il s'est arrêté là et s'est retourné.

Les yeux de Meleana s'écarquillèrent quand elle vit Robinho revenir sur son chemin. Elle savait que l'ours était probablement proche et que le chien allait s'offrir. Robinho était un gros chien, mais elle ne le voyait pas battre un ours.

Elle tira son sac de derrière elle et y mis sa main. Ses yeux s'écarquillèrent. «Voilà !» S'exclama-t-elle en sortant un poisson fumé.

Meleana agita le poisson au-dessus de sa tête, le brisa en deux et le jeta des deux côtés d'elle. L'astuce a dû fonctionner parce qu'elle a vu Robinho arrêter sa charge suicidaire et reprendre sa lâcheté.

Elle a sauté dans la rivière sans réfléchir et a continué à nager jusqu'à ce qu'elle atteigne le bord de la rivière. Meleana s'est effondrée sur la rive pierreuse, se soulevant et haletant comme un éléphant fatigué.

Robinho était à côté d'elle, la langue dehors et haletante comme s'il venait de terminer un marathon.

Meleana s'assit et regarda au-dessus de la rivière. L'ours n'était plus de l'autre côté. Elle soupira.

Il nageait vers eux.

«Les ours peuvent nager Robinho !», a-t-elle sauté sur ses pieds et s'est mise à courir en laissant la rivière derrière elle.

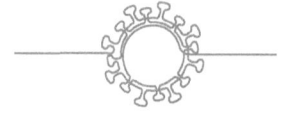

CHAPITRE 12

L' ÉMEUTE

Chapitre douze

L'émeute

Le roi Aaron pouvait entendre le bruit à l'extérieur de son palais. Il pouvait entendre les foules crier de rage. Et puis il y avait le désespoir et la peur dans leurs voix.

Il se leva de son trône et arpenta la passerelle entre les ministres assemblés. Ils avaient tous l'air excités et totalement inconscients de la situation sur le terrain.

Mais ce que tout le monde savait, c'est que des propriétés étaient détruites, des marchés pillés et qu'il y avait une agitation générale parmi la population.

«Où est le premier ministre?» Le roi Aaron a explosé de colère.

«Il est en route, Votre Majesté», répondit l'un des ministres. «Je n'ai aucun doute que la circulation est ce qui le retient.»

«Avez-vous porté vos voitures sur vos têtes?» Demanda la reine Rose, froidement. «Honnêtement, j'ai supposé que tous ceux qui étaient rassemblés ici arrivaient dans leurs véhicules. Est-ce que je me trompe?»

Personne n'a parlé.

Le roi Aaron s'indigna et retourna à son siège. Il se pencha vers la reine Rose et parla pour qu'elle seule puisse entendre. «Avez-vous une idée? Parce que je suis hors de moi en ce moment.»

Vous auriez dû être hors de vous depuis bien longtemps, Aaron, répondit froidement la reine. «Depuis que vous avez cessé d'être un roi et permis à Darol de prendre vos fonctions.»

Il ne vous a pas touché, n'est-ce pas? Demanda le roi, consterné.

La reine Rose grogna. «Je voulais dire comme un roi dans sa nation», lui a-t-elle lancé. «Comment pourrais-je laisser un autre homme s'imposer à moi?»

Le roi Aaron secoua la tête. «Alors que me conseillez-vous que nous fassions?» Demanda-t-il. «Lourd est la tête qui porte la couronne ! Je suis fatigué.

«Vous devriez sortir et leur parler», a déclaré la reine Rose. «Assurez-leur que l'épidémie est sous contrôle. Il y a une raison pour laquelle ils vous choisissent comme roi quand votre frère est mort, montrez-leur ce roi.»

Très bien, je vais faire exactement cela, dit le roi Aaron en se levant.

Soudain, l'immense porte s'est ouverte et Darol est entré, vêtu d'une robe rouge et noire et d'un grand turban brillant enveloppé comme un python sur la tête.

- Mon roi, dit Darol . «Pardonnez mon retard, j'essayais de trouver un moyen de pacifier le peuple.»

Le roi Aaron rayonnait de mille feux. «Je savais que je pouvais compter sur toi», a-t-il dit. «Maintenant, que faisons-nous?»

«Nous leur disons que c'était prévu, mon seigneur», dit Darol en souriant.

«Dites-leur ce qui est attendu?» Demanda le roi Aaron.

«L'épidémie d'un virus dangereux appelé Bacille 19», a déclaré Darol en levant le menton.

Les autres ministres se regardèrent et murmurèrent inaudiblement l'un à l'autre.

«Il y a un virus qui s'appelle Bacille 19?» Demanda le roi Aaron, perplexe.

«Cela m'a été signalé hier et j'ai depuis pris des mesures», a déclaré Darol. «Nous avons mis en place une installation temporaire à Bonsaï pour le traitement.»

La reine Rose renifla sombrement à cela. «C'est surprenant», a-t-elle déclaré. «Une minute, vous entendez parler de la rumeur de l'épidémie, et la minute suivante, vous faite une installation à Bonsaï !»

Le roi me fait confiance sur une telle question, Votre Majesté, dit Darol en s'inclinant. «C'est ma capacité à prévoir les événements avant même qu'ils ne se produisent qui m'a amené jusqu'ici.»

Assez vous deux, dit le roi Aaron en s'accrochant. «Nous avons une situation à gérer à l'extérieur. Que diriez-vous d'aborder d'abord cette question? Donner aux gens la facilité d'esprit et les laisser retourner à leur vie normale?»

«Cela semble être une excellente idée», dit Darol en souriant. «Il n'y a pas besoin que vous vous en mêliez, mon seigneur. Je gérerai tout assez bien.»

«Le roi doit être présent dans ces moments difficiles», dit la reine Rose en se levant de son siège. «Sa présence apporte la paix et le réconfort au peuple.»

Darol gloussa. C'est juste, Votre Majesté, dit-il nerveusement. «S'il vous plaît, le roi et sa reine devraient s'adresser aux gens à l'extérieur. Vous pouvez simplement leur assurer que les personnes infectées seront traitées dans notre établissement à Bonsaï. Dites-leur qu'il n'y a pas lieu de paniquer. Apportez-leur la paix et le réconfort.» Darol a plusieurs cordes a son arc.

Tous les ministres l'ont applaudi, hochant la tête en signe de reconnaissance.

Même le roi Aaron s'est retrouvé à applaudir, mais il s'est arrêté quand il a remarqué que la reine Rose le regardait.

Viens, ma reine, dit le roi Aaron en lui tendant la main. «Viens avec moi.»

La reine Rose glissa une main dans celle du roi et descendit les quatre escaliers qui menaient au podium du trône.

«Tu as chaud», lui murmura le roi à l'oreille.

La reine Rose soupira. «Ce n'est guère un commentaire approprié dans un tel endroit.»

«Je suis sérieux, vous brûlez», dit le roi Aaron, un peu d'alarme et d'urgence retentit dans sa voix.

La reine sentit son cou avec le dos de sa main. «Je pense que je me suis réveillée un peu fiévreuse ce matin», a-t-elle déclaré. «Mais il n'y a pas de quoi s'inquiéter, continuons maintenant.»

Le roi Aaron s'éclaircit la gorge et la conduisit le long de la passerelle jusqu'au balcon. La foule bruyante s'est tue immédiatement, ils ont vu le roi et sa reine sortir.

«Voyez-vous cela?» demanda la reine Rose. «Vous ne parlez pas ou ne levez pas la main et pourtant, ils respectent votre présence.»

Le roi Aaron serra la main de la reine Rose dans la sienne. «J'ai été trop loin de mon peuple», a-t-il dit. «Mais tout est pour le mieux ; Darol a une paire de bonnes mains pour les tenir.»

La reine Rose siffla mais ne dit rien de plus.

«Hommes et femmes de Geround !» Le roi Aaron a parlé d'une voix profonde et apaisante. «C'est votre ami et roi, Aaron fils de Geera. Et je suis venu parce que j'ai entendu votre tollé.

L' ÉMEUTE

«Il est rapporté qu'il y a une épidémie d'une maladie étrange dans la région de Samlu, juste avant la rivière. Et que cette épidémie s'est propagée vers le haut jusqu'à notre capitale.

«Une installation a été mise en place à Bonsaï pour aider à lutter contre cela …»

La reine Rose toussa.

"Il est conseillé à toutes les personnes infectées d'aller au Bonsaï pour leur traitement. Et le reste d'entre nous doit rester à l'intérieur jusqu'à ce que nous sachions pourquoi cette épidémie se produit.»

Elle toussa à nouveau – une toux sèche et la gorge.

Le roi Aaron cessa son discours et se tourna pour faire face à sa reine. «Ça va?» demanda-t-il, inquiet.

«Je vais bien», dit-elle en souriant.

Mais le roi Aaron n'était pas dupe. Il pouvait voir que son sourire était forcé.

«Retournez chez vous les gens, ce sera tout pour aujoud'hui»

La reine toussa à nouveau, et cette fois elle attira l'attention de la foule.

«Elle a le Bacille 19 !» Cria quelqu'un de la foule.

Ce fut un effet domino à partir de ce moment-là ; la reine s'affaissa sur le sol inconsciente. Et la foule s'est déchirée dans une frénésie, tout le monde disparaissant dans toutes les directions.

Des cris de «Il y a la mort dans le palais !» Ont résonné de toutes les directions de la foule.

Le roi Aaron courut vers la reine et lui tint la tête. «Réveille-toi, Rose, réveille-toi !»

«Elle ne se réveillera pas, Votre Majesté», dit Darol en sortant par derrière.

Il y avait un homme en blouse blanche et en chaussures pointues à côté de lui. Ledit homme était de corpulence moyenne et à la peau foncée. Mais sa principale caractéristique était le cache-œil en cuir rouge qu'il portait sur son œil gauche.

«Que mon médecin ici présent la conduise à banzai», a poursuivi Darol. «Je vous assure qu'elle sera traitée et sera en pleine santé dans quelques jours.»

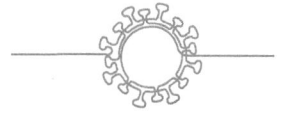

CHAPITRE 13

BESOIN D'AIDE

Chapitre Treize

Besoin d'aide

Meleana regarda à nouveau en arrière et se frotta les yeux pour voir si elle était poursuivie ou non. Robinho était à côté d'elle, et comme un test de la réalité, elle a tendu la main.

Robinho considéra le geste avec suspicion et exprima sa dissidence avec un grognement.

Meleana a pris l'avertissement et a gardé sa main pour elle-même.

Le paysage derrière la rivière était différent.

Au lieu de cailloux ronds et lisses, il y avait du sable sur la rive. L'autre rive était la lisière d'une forêt à la fois sombre et redoutable à la vue.

Meleana frissonna de peur, elle ne savait pas où elle était réellement.

«C'est la région de Samlu», répondit une voix derrière elle.

Elle se leva rapidement et se tourna pour voir qui c'était. Pendant ce temps, Robinho s'était mis entre elle et l'intrus.

«Les chiens sont les compagnons les plus fidèles de tous les temps», dit l'homme en souriant. «Je préfère leur compagnie plutôt que celle des humains.»

«Eh bien, j'aimerais quelqu'un qui ne grogne pas quand j'essaie de le toucher», a-t-elle déclaré, à propos de l'homme de manière suspecte. «Qui êtes-vous ?»

L'homme portait une veste en cuir noir et une paire de gants noirs. Une poignée sans lame pendait de sa ceinture. Ses cheveux étaient de la couleur du sable et ses yeux étaient gris brumeux.

«Je m'appelle Astor, dit-il, je suis un guerrier au service de sa Majesté Aaron roi de Geround. Et vous qui êtes-vous? Et pourquoi n'êtes-vous pas à l'intérieur comme les autres? La région de Samlu est un endroit où l'épidémie s'est propagée, et tout le monde devrait être à l'intérieur.»

«Attendez», dit Meleana en se précipitant devant Robinho. «Avez-vous dit que c'était la région de Samlu? Et vous travaillez pour le roi Aaron?»

L'homme, Astor, fronça les sourcils et croisa ses bras puissants sur sa poitrine. «Êtes-vous étrangère à cette ville?» demanda-t-il en levant un sourcil épais.

Meleana secoua la tête avec enthousiasme. «Oui ! Oui ! Cria-t-elle. «C'est la première fois que je viens dans la ville ! Et puis je n'ai pas beaucoup de temps, j'ai besoin de voir le roi immédiatement !»

Astor gloussa. «J'ai peur de ne pas pouvoir vous aider», a-t-il dit. «Arrêtez votre farce et rentrez chez vous, jeune femme.»

Meleana renfrogna. «Farce?! Vous pensez que c'est une farce?» Demanda-t-elle, farouchement. «Marimose est en danger ! Ma grand-mère Ana est malade, Tean est malade, tout le monde est malade et j'ai peur que quelque chose de mauvais leur arrive si le roi ne nous aide pas.

Astor l'a étudiée sérieusement. «Tu dis que tu es de Marimose?» dit-il en la regardant avec doute.

«Oui.»

«J'ai besoin que vous vous calmiez et que vous me disiez tout ce que vous savez, commençons par le début.»

Meleana a commencé son histoire à partir du moment où sa grand-mère a commencé à tousser, jusqu'aux hommes masqués dont Manuel lui avait parlé. Elle était assez essoufflée quand elle a parlé jusqu'à la fin, mais elle était aussi certaine qu'il était convaincu.

Viens avec moi, jeune femme, dit Astor, allons au palais.

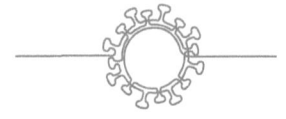

CHAPITRE 14

TOMBER ENTRE DE MAUVAISES MAINS

Chapitre Quatorze

Tomber entre de mauvaises mains

Meleana était ravie de monter dans une voiture pour la première fois. C'était un peu petit pour Astor et deux autres guerriers, mais elle n'a pas considéré l'inconvénient. Tout ce qu'elle savait, c'était qu'elle était dans une voiture, une boîte avec un moteur rugissant à l'intérieur.

Bien que Robinho n'ait pas l'air heureux. Il a dû courir après eux parce qu'il n'y avait pas de place pour lui dans la voiture. Mais à un moment donné, la vue de voir Robinho courir derrière la voiture est devenue insupportable pour Meleana et elle a demandé à descendre.

«Quoi?!» demanda Astor, qui ne pouvait pas croire qu'elle descendait pour un chien. «N'avez-vous pas dit que vous aviez une famille à sauver?»

Meleana lui lança un regard féroce. «Ouais? Et Robinho, c'est quoi? La prochaine fois, vous devriez acheter une voiture plus grande.»

Astor allait essayer de continuer à conduire de toute façon, peu importe ce qu'elle disait. Mais quand Meleana a montré sa capacité à briser des lunettes, il s'est arrêté.

«La prochaine fois que vous voulez sortir, vous devriez attaquer le conducteur, pas la voiture inoffensive», a déclaré Astor.

«La prochaine fois que vous achetez une voiture, vous voudrez peut-être vous assurer qu'elle ne ressemble pas à un cercueil», a-t-elle rétorqué, avant de sortir de la voiture et de claquer la petite porte. Il *a* fermé... au début... puis il est tombé de ses charnières.

Finalement, ils ont eu recours à une voiture à cheval. Astor n'arrêtait pas de se plaindre de la façon dont sa voiture était dix fois plus rapide, mais Meleana ne l'écoutait pas.

Elle avait les yeux rivés sur le monde qui l'attendait. Elle n'avait jamais vu autant de maisons collées les unes aux autres – autant de maisons et presque personne dans les rues.

«Où sont les gens, pourquoi il n y a personne dehors?» Demanda-t-elle en regardant autour d'elle.

Astor haussa les épaules. «J'ai hâte de le savoir», dit-il en serrant le poing.

Robinho se contentait d'occuper la banquette arrière, la blessure autour de son cou était presque guérie.

La voiture s'est arrêtée devant le palais et Meleana a regardé Astor qui donnait des pièces au chauffeur qui nous avait pris en chemin.

«Qu'est-ce que c'est?»

Elle haussa les épaules. «Tean m'a toujours dit que les gens devaient payer les choses avec de l'argent. C'était la première fois que je le voyais.»

«Quoi?» demanda Astor à bout de souffle alors qu'ils entraient par les portes du palais. «Vous ne dépensez pas d'argent?»

«Non,» dit Meleana, se dépêchant de rattraper le rythme d'Astor. «Nous n'avons jamais à le faire, ce n'est pas nécessaire.»

«Je ne peux pas croire cela», a-t-il déclaré. «C'est une chose incroyable.»

Eh bien, dit froidement Meleana. «C'est aussi pourquoi vous avez des voleurs et nous non.»

Astor grogna. «Assez bien.»

Ils sont arrivés à la porte du bâtiment où il y avait deux gardes qui se tenaient sentinelles. Ils se sont tous inclinés devant Astor et avaient un masque couvrant leur nez.

«Que se passe-t-il ? Pourquoi ressemblez-vous tous à des voleurs au lieu de gardes?»

«Ordres du Premier ministre, monsieur», répondit l'un des gardes. «Personne ne doit entrer à l'intérieur sans masque.» Il jeta un coup d'œil à Robinho debout à côté de Meleana. «Ou avec un animal.»

«Alors c'est une bonne chose que vous soyez dehors», a déclaré Astor avec un large sourire sur son visage.

Un Astor masqué et Meleana faisaient irruption dans le château quelques instants plus tard. Ils ont dû laisser Robinho derrière eux avec les gardes *sans masque qu'ils* ont rencontrés.

«Quelque chose a dû se passer pendant mon absence», a déclaré Astor. «Tout cela a du sens après que vous m'ayez raconté l'histoire des hommes en costume de masque. Je me demandais pourquoi la maladie s'était propagée si rapidement – ce n'était pas naturel.»

La porte de la salle du trône s'ouvrit et ils entrèrent tous les deux.

Meleana pouvait reconnaître le roi, principalement à cause du diadème assis sur sa tête. Mais l'autre homme debout derrière lui,

TOMBER ENTRE DE MAUVAISES MAINS

la tête enveloppée dans un tissu, était une autre affaire. Et elle se demanda pourquoi l'homme se tenait derrière le roi – était-il un garde spécial du genre?

Oh, Astor, dit le roi, la reine est tombée aux mains de la nouvelle maladie. Un fléau est ce que nous avons entre les mains ! Geround a dû faire quelque chose de très mauvais.»

«Ou quelqu'un a dû faire quelque chose de terrible», a déclaré Astor, fortement. «C'est Meleana, et elle est la petite-fille de Grand-mère Ana, chef de Marimose - le village caché.»

L'homme à la tête enveloppée a bombé les yeux à cela. «Avez-vous dit Petite-fille de Grand-mère Ana? Une lignée directe?»

Oui, répondit Astor, sauvagement. «Et je ne l'ai pas amenée à apprendre la généalogie. Votre Majesté, vous devez entendre ce que Meleana a à dire. Allez jeune fille racontez nous votre histoire.»

Meleana a avalé sa salive. Elle vit le roi se pencher en avant avec empressement, l'homme à la tête enveloppée portait un sourire satisfait qui lui faisait peur.

Mais elle a réussi à se mettre à bégayer, se rappelant tout ce qu'elle savait depuis le début de la peste il y a environ une semaine.

«C'est une terrible nouvelle !» Cria l'homme en tirant sur son visage dans une horreur simulée. «Maintenant, Astor. Avez-vous perdu votre esprit? Comment est-il possible pour quelqu'un de concevoir un fléau?»

Astor renfrogna. Meleana le vit serrer le poing et mettre une main sur la poignée sans lame à sa taille.

«Eh bien, vous ne pouvez pas penser à frapper votre propre Premier ministre?»

«Écoutez», dit Meleana, désespérément. «Tout ce que j'ai dit était vrai.»

«Meleana, ma chérie,» dit l'homme. «Je m'appelle Darol, et je suis le Premier ministre de Geround. J'ai une équipe compétente de scientifiques qui formulent un remède au bonsaï au moment où nous parlons.» L'homme sortit de derrière le trône du roi. «Nous guérissons les gens à bonsaï, tout ce que vous avez à faire pour sauver votre peuple est de nous emmener, moi et mes hommes, à Marimose.»

«Quoi?» Astor se moqua. «Vous ne pouvez pas simplement leur donner le remède s'il y en a un?»

Darol en se mordant la langue, lança à Astor un regard pathétique. «Pauvre guerrier», dit-il. «Vous devez penser que traiter la peste est aussi simple que de faire du thé dans un camp de guerre. Nous devons effectuer des tests, savoir quelles doses conviennent à tout le monde avant d'administrer le remède.

«Écoutez-moi, jeune fille. Même la reine n'a pas été traitée dans le palais quand elle s'est effondrée. Elle est en route pour bonsaï au moment où nous parlons. Alors, quelle est votre décision? Allez-vous faire confiance au guerrier qui n'a aucune idée de ce à quoi il a affaire? Ou ferez-vous confiance à Darol, fils de Ferbad à qui même le roi fait confiance de sa vie?»

Meleana terrifié regarde dans les yeux d'Astor – ils étaient impuissants. Elle soupira.

«Très bien,» dit-elle enfin. «Je vais vous y emmener.»

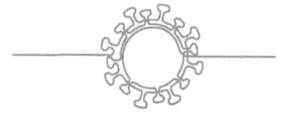

CHAPITRE 15

LE SECRET DE POLICHINELLE

Chapitre quinze

Le secret de polichinelle...

Meleana ne pouvait que regarder le processus qui se déroulait devant elle. Immédiatement, elle a dit à Darol qu'elle le conduirait à Marimose, il était entré en action, et maintenant ils étaient arrivés à la rivière.

Astor avait été *déployé sur* une base à l'est de Geround. C'était à la fois loin de Bonsaï et de la rivière ; une partie d'elle sentait qu'il avait été arraché à elle.

Elle s'est assise dans sa voiture avec lui, regardant les hommes assembler de grandes voitures qui pourraient flotter au-dessus de l'eau et aussi conduire sur terre. Elle ne le savait pas, lui avait dit Darol.

Et elle commençait à penser qu'Astor avait tort après tout. Darol savait ce qu'il faisait ; c'était presque comme s'il l'avait prévu toute sa vie.

La précision avec laquelle ses hommes travaillaient, l'équipement qu'ils utilisaient, tout était soigneusement planifié et organisé.

Elle regardait avec admiration toutes ces préparations.

«Aimez-vous ce que vous voyez?» dit Darol, souriant et frappant des mains ensemble avec enthousiasme. «Je me suis toujours préparé pour le moment où les portes de Marimose s'ouvriraient.»

Meleana fronça les sourcils. «Je ne comprends pas – je ne comprends pas», dit-elle en balbutiant. «Vous vous attendiez à ce que les portes de Marimose s'ouvrent? Attendez…» dit-elle brusquement.

L'une des boîtes que les hommes de Darol déplaçaient est tombée au sol et son contenu est tombé. Pièces de scies mécaniques, lames pour haches et tous ces métaux sanglants.

«Ce n'est pas pour traiter les gens», s'écria-t-elle en se tournant vers Darol. «C'est pour couper des arbres.»

«Ou des gens», dit Darol en souriant. Il frappa des mains avec empressement. «Continuez votre travail, bandes d'imbéciles maladroits.»

«Vous…» dit Meleana : «Vous n'êtes pas là pour aider Marimose, vous êtes là pour la ruiner.»

Darol agita une main et les deux anneaux de rubis rouge sur ses doigts blancs et minces scintillèrent sous le soleil mourant.

«Eh bien, puisque vous m'avez compris, autant vous raconter la suite de l'histoire», a déclaré Darol. «Je suis un homme brillant, et je ne prends jamais le deuxième meilleur de quoi que ce soit, seulement le meilleur.

«A Geround pousse des arbres et il y a de la nourriture, mais qu'est-ce que c'est par rapport à Marimose? Je n'y suis jamais allé, mais je sais que la nourriture et le bois à Marimose sont dix fois plus important, que ce que Geround peut faire si tout le monde était agriculteur. Et vous avez juste gardé tout cela pour vous.

«Et, savez-vous que Marimose a de l'or? Beaucoup même. Ce que je vais faire à votre précieux village, c'est le couper en deux, le démonter et le creuser jusqu'à ses racines.»

Meleana haleta d'horreur, mais elle avait encore un espoir. «J'aimerais vous voir essayer», dit-elle en faisant un pas en arrière. «Il n'y a aucun moyen de rentrer dans Marimose comme vous pouvez le voir, il y a juste une forêt de l'autre côté de la rivière.»

Darol poussa sa poitrine vers l'avant et posa deux doigts sur ses lèvres. «N'avez-vous pas entendu le dicton qu'il n'y a aucun moyen d'accéder à Marimose? Seulement une porte? La porte de Marimose est de l'autre côté de la rivière, et vous êtes la clé. Ou du moins, une partie de vous. Attrapez-la !»

Deux hommes lui ont attrapé les bras par derrière et l'ont maintenue en place.

«Ciseaux » dit Darol en riant. «Oh, je me sens comme un chirurgien maintenant.»

«Vous ne vous en sortirez jamais !» Meleana grogna, donnant des coups de pied et se tordant dans les bras de ses ravisseurs. Mais ils étaient trop forts pour elle.

«Au contraire», a déclaré Darol. «Je vais m'en tirer.» Il coupa une touffe de ses longs cheveux noirs. «Et juste pour que tu saches où me trouver après que tu sois morte.

Pas exactement, ou peut-être ton petit esprit vengeur, ou ton âme. Je ne voudrais pas qu'il erre sans but, effrayant les pauvres de leur esprit.

«Mon laboratoire secret est dans la forêt sombre en plein bonsaï. C'est cet énorme séquoia magnifique au milieu, vous ne pouvez pas le manquer, mais vous n'y arriverez pas non plus. C'est là que nous faisons le remède pour ce que j'appelle notre Bacille 19, un nom si génial, n'est-ce pas?»

Meleana grogna et lutta pour se libérer.

«Quoi qu'il en soit, nous n'avons pas l'intention de déployer le remède. Pas gratuitement, du moins.

«Qu'en est-il de tous ces gens que vous conduisez à bonsaï?» Demanda Meleana à travers les dents serrées. «Vous pensez que les gens ne découvriront pas ce que vous faites? Ils le sauront un jour ou l'autre.»

Darol gloussa. «Mais ils ne sauront pas ce que je fais», a-t-il déclaré. «Je vais leur vendre le vaccin sous un autre pseudonyme. Ceux qui n'ont pas les moyens de se payer le vaccin seront vendus pour m'avoir fait perdre mon temps.

J'ai des amis qui viennent de l'autre bout de la mer – des orques. Savez-vous à quel point les orques aiment la viande humaine? Plus c'est vieux, mieux c'est, n'est pas ma chère enfant, tout en ricanant.

Il lui fit signe au revoir.

«Attendez ! Qu'en est-il de la reine? Demanda Meleana.

«Je la veux pour moi-même», dit Darol. «Je veux tout ce que le roi a, y compris ce royaume.»

«Vous ne pouvez pas la tuer», a déclaré Meleana.

«Je ne le ferai pas», dit Darol. «Mais le Bacille 19 ruine le visage des cadavres donc on ne peut pas les reconnaître. Le roi pleurera une reine morte vivante.» Il frissonna. «Morte vivante? C'est dégoûtant. Une reine vivante, c'est mieux. Messieurs, enlevez moi cette petite peste et assurez-vous qu'elle soit vendue pour de la nourriture.

«Aujourd'hui, nous allons enfin vider Marimose des gens, et à partir de demain matin, elle sera à nous.»

«Non ! S'il vous plaît ! Ne faites pas ça !» Meleana a crié, donné des coups de pied et a lancé toutes sortes de crise de colère alors qu'elle était emmenée par deux mains puissantes.

Attendez, dit Darol, soudain. «Il y a encore une chose que j'aimerais vous montrer.» Il a enlevé le tissu épais enroulé autour de sa tête et en a sorti un petit flacon avec du liquide vert.

Les yeux de Meleana s'écarquillèrent dans leurs orbites.

«Pour guérir tous ces gens, tout ce que j'ai à faire est d'ajouter cela à l'eau», a-t-il déclaré. «C'est aussi simple que ça. Je vais juste en ajouter un peu à l'eau et le virus Bacille 19 mourra. Mais nous devons gagner de l'argent. D'abord, messieurs vous pouvez l'emmener maintenant.»

Robinho avait été enchaîné à un arbre et aboyait férocement.

Ils l'ont jetée sur le siège arrière d'une voiture et sont partis pour Bonsai

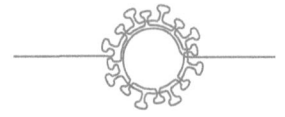

CHAPITRE 16

MISE EN PRATIQUE D UNE LEÇON

Chapitre Seize

Mise en pratique d'une leçon

Meleana était calme pendant le trajet vers Bonsai. Que pouvait-elle faire d'autre? Deux hommes grands et méchants étaient assis de chaque côté d'elle sur la banquette arrière, elle ne pouvait quasiment pas bouger.

Après plusieurs kilomètres, Ils sont arrivés à la frontière de Bonsaï et l'un des hommes lui a mis un couteau sur le côté du ventre. Elle n'a donc pas osé dire un mot aux soldats qui étaient en poste au contrôle frontalier.

Leur voiture a été inspectée, elle leur a même fait un sourire et a dit que les deux hommes étaient ses frères.

Puis une idée lui est venue à l'esprit.

Elle s'est permise de se détendre jusqu'à ce qu'elle soit presque molle. Et ce faisant, elle a remarqué que ses ravisseurs étaient également détendus, et à un moment donné, ils se sont même laissés emporter par la vue de personnes malades et masquées qui se sont enrôlées dans la ville.

Quand la voiture a repris de la vitesse, elle s'est préparée. Ses mains étaient libres et elle les laissa tomber sur ses côtés. Et a estimé que c'était la même façon que Marimose tomberait si elle ne faisait rien à temps.

Meleana risqua un coup d'œil de côté. Les hommes regardaient par la fenêtre de la voiture.

Puis, elle se précipite sur le conducteur.

C'est arrivé au même moment où une autre voiture arrivait dans la direction opposée. Elle se lança en avant et poussa le coup le plus méchant qu'elle pouvait porter sur sa tempe.

Le conducteur posa une main sur sa tête et s'affaissa en avant, inconscient.

Même si les hommes l'ont tirée en arrière, il était trop tard.

La voiture a fait une embardée hors de la route, a éteint un lampadaire et a percuté un mur de béton.

Il y avait des cris et un pandémonium dehors. Des hommes et des femmes masqués qui se faisaient soigner dans l'établissement de Darol criaient comme des rats dans un incendie.

Meleana ne s'en est pas rendu compte sur le moment, mais c'était un miracle qu'elle a été indemne de la mésaventure. Peut-être que c'était parce qu'elle était prête pour cela, peut-être que c'était parce qu'elle avait orchestré toute la mise en scène.

L'homme à sa gauche s'était cogné la tête contre le bord de la voiture et s'était évanoui. L'homme à sa droite toussait et bougeait à peine.

«Désolé,» dit Meleana, doucement. Elle poussa l'homme sur sa gauche et ouvrit la poignée de porte.

Elle a vu un homme courir vers elle et a décollé dans la direction opposée, n'importe où, pour l'éviter.

«Meleana, attends-moi !»

Elle s'arrêta et tourbillonna, le soulagement inonda son visage comme du sang.

«Astor !»

Il courut sur les côtés et lui coupa la route. «Ça va?» Demanda-t-il en l'examinant à la recherche de tout signe de blessure.

«Ça va, Astor?» Demanda-t-elle, que faites vous ici?

Il portait un vêtement qui aurait passé pour un morceau de chiffon universel.

«Je me suis faufilé hors du camp», a-t-il dit. «Je voulais voir à quoi ressemblait son installation à Bonsaï et j'ai décidé de me déguiser.»

«Heureusement que je t'ai vu», dit-elle. «Vous seriez probablement de la nourriture pour les orques maintenant.»

Astor fronça ses sourcils. «De quoi parlez-vous ?»

«Je vous le dirai en chemin, mais j'ai besoin que vous m'emmeniez immédiatement dans la forêt sombre», a déclaré Meleana.

Alors c'est votre chance? Dit Astor en se frottant les lèvres. «Je me demandais comment vous vous en étiez sorti indemne de cette épave.»

«Astor ! Ce n'est pas le moment de faire des farces !» Meleana a réprimandé.

«Comment les choses ont tourné», marmonna-t-il, gagnant un autre regard de Meleana. «Très bien, mais vous vous rendez compte qu'ils l'appellent ‹la forêt sombre› pour une raison?»

«Il n'y a pas de soleil là-bas?»

Astor gloussa. «Et c'est le plus petit de tous nos soucis. Où est Darol?»

«Oh, je vais tout vous dire en chemin.»

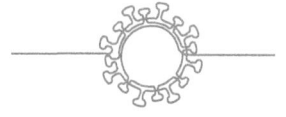

CHAPITRE 17

LA FORÊT DE BUSSACO

Chapitre dix-sept

Dans la forêt de Bussaco

Meleana s'est retrouvée à tenir le bras d'Astor plus fort qu'elle ne l'avait voulu.

Plus serré et tu vas me casser les os, Meleana, dit Astor, d'une voix feutrée.

«Quel genre de soldat faible êtes-vous?» Répondit-elle de la même manière feutrée.

«Je suis content que vous ayez dit soldat, pas bâton de marche», a rétorqué Astor.

La forêt sombre était remplie d'arbres sombres – nommés ainsi parce qu'ils ne poussaient nulle part ailleurs, on connaissait leurs noms et ils n'étaient pas utiles du tout.

Les arbres sombres étaient grands, certains atteignaient près de trente pieds, ils avaient de larges feuilles et couvraient complètement la forêt, de sorte qu'aucune goutte de soleil n'atteignait le sol.

En conséquence, le sol de la forêt était humide, glissant et sentait la pourriture. C'était une bonne chose qu'Astor ait réussi à arracher une petite torche à un passant, sinon, ils auraient été perdus dans l'obscurité totale de la forêt.

Quelque chose siffla au loin. Meleana haleta et se tint encore plus fermement au bras d'Astor. À son grand soulagement, il ne s'est pas plaint.

Le sifflement revint et Astor cessa de marcher. Il a fait clignoter sa torche lumineuse dans la direction du son, rien ne bougea mis à part les arbres sombres qui poussaient étroitement ensemble comme des morceaux de champignons.

Le sifflement est devenu de plus en plus fort et puis. Une ombre masquée avec des yeux creux, le nez et la bouche se précipitait vers eux.

Meleana se figea, elle ne pouvait même pas penser assez pour crier.

«Épée de lumière!» Astor cria et sortit la poignée sans lame qui pendait à sa taille.

Une lumière verte apparut et il coupa l'ombre avec elle. L'ombre criait alors qu'elle éclatait en mille petites averses de lumière verte.

«C'est magique», a déclaré Meleana.

«Je sais, vous aimeriez en avoir un, oui?»

«J'aimerais être à la maison.»

«Oui, je comprends.»

«Qu'est-ce que c'était?» Demanda Meleana.

Un fantôme sombre, dit Astor en retournant la poignée à sa ceinture. «Nous en trouverons d'autres vers le centre de la forêt. Qu'avez-vous dit que nous recherchions à nouveau?»

«Un séquoia», répondit Meleana.

«Cela devrait être facile à trouver, et où est-il?»

«Au milieu de la forêt», a déclaré Meleana.

Astor haleta. «Avez-vous entendu ce que j'ai dit à propos des fantômes sombres?»

«Vous avez dit que nous en trouverons plus, vers le centre de la forêt.»

«Précisément, et vous nous demandez d'y aller?»

«Non, je dis que nous devons aller au milieu de la forêt, pas au centre.»

«C'est la même chose !» Astor a craqué. «Et si Darol avait menti? Et s'il voulait que vous veniez ici et que vous mouriez au cas où vous vous échappiez? Et même si vous vous en sortiez vivante, il aurait été trop tard à ce moment-là, et si c'était son plan?»

Meleana regarda dans les yeux d'Astor. «Il m'a dit tellement de vérités, je ne pense pas qu'il croyait que j'allais échapper à trois hommes armés. Mais s'il l'a fait, alors je suis heureuse qu'il ait mis autant de confiance en moi.»

Elle a arraché la torche d'Astor et a pris d'assaut de la forêt.

Il courut vers elle, attrapa sa main. «Courez.»

Meleana a commencé à courir avant de demander pourquoi. Il ne semblait alors prudent que lorsque l'on se promenait dans une forêt hantée, ils devaient prendre leur envol avant de prêter des oreilles.

«Pourquoi courons-nous?» Demanda-t-elle en sautant par-dessus un morceau de racine juste à temps.

«Parce que les fantômes arrivent derrière nous !» Astor siffla.

Les arbres devenaient de plus en plus denses et épaisses ensembles à mesure qu'ils se dirigeaient vers le cœur de la forêt.

«N'avez-vous pas dit qu'ils abondent au milieu de la forêt?» Meleana a craqué.

«J'ai dit le centre de la forêt», a sifflé Astor. «C'est là qu'ils restent, mais vous êtes invités à vous arrêter et à leur demander pourquoi il y a un changement dans leur comportement.»

«Oh, mais c'est toi qui as l'épée», dit Meleana, à bout de souffle.

Le séquoia était différent des arbres sombres ; l'arbre avait l'air d'avoir essayé de lui décoller le dos. Une bande brune noisette courait autour du tronc et une autre serpentait vers le haut de l'autre côté. Les parties exposées étaient plus claires et avaient des boîtes carrées gravées dessus.

«Le voici», a déclaré Meleana. «Nous devons entrer à l'intérieur.»

«Oui, mais je ne suis pas venu avec les clés», a répondu Astor.

Un sifflement d'appel d'air de la zone sans écorce ouvre vers l'intérieur.

«Vous êtes certainement un génie», a déclaré Astor.

Ils sont entrés dans la porte et elle s'est refermée derrière eux. Meleana espérait qu'ils ne le regretteraient pas plus tard.

L'endroit était éclairé par une petite lumière verte, les murs étaient blancs et il y avait un escalier qui descendait en spirale. Astor et Meleana ont suivi les escaliers jusqu'en bas.

Cela a conduit à un espace encore plus large en dessous, presque comme une salle avec un plafond plus bas. Tout était éclairé par des ampoules blanches vacillantes suspendues au plafond. Il y avait beaucoup de tables de verres, des cuisinières à gaz, des drôles de bouilloires, un four flambait dans un autre coin. Une forte odeur piquante comme du savon de soude épais pendait dans l'air.

Astor s'accroupit bas et Meleana lui emboîta le pas.

Il y avait des hommes dans le laboratoire, une vingtaine d'entre eux et tous portaient des blouses blanches qui atteignaient leurs genoux et portaient des masques. Jusqu'à présent, ni Meleana ni Astor n'ont aperçu de garde.

Meleana a regardé autour du laboratoire et a vu ce qui semblait être une sorte de porte.

«Si la reine est ici comme Darol l'a dit, alors elle est probablement dans cette pièce. Il serait logique de la garder piégée et à l'abri de toute cette folie. Nous devons détruire ce laboratoire.»

«Oui, mais nous devons d'abord trouver le remède!» Répondit Meleana en chuchotant.

«Darol n'autoriserait jamais une copie du remède», a déclaré Astor. «Sinon, comment serait-il le premier? J'attaquerai les hommes, pendant que vous allez sauver la reine. Elle peut servir de témoin contre le Premier ministre.»

«D'accord», a déclaré Meleana. «Vous allez attaquer vingt hommes tout seul?»

Astor se leva. «Aucun d'entre eux n'est un guerrier.» Il est sorti de la cachette. «Vous tous, serviteurs de Darol, je vous demande de vous rendre au nom du Roi.»

Un homme avec un cache-œil rouge sur l'œil gauche a émergé de la porte où Meleana espérait que la reine était.

Votre reine est ici, dit-il méchamment. «Malheureusement, vous ne la rejoindrez pas de sitôt; J'ai un plan différent pour toi.»

Astor renfrogna. «Take 1!» dit-il en sortant sa poignée. «Aujourd'hui sera votre dernier jour.»

Même ton épée légère ne te sauvera pas de mes mains, Astor, dit Takel. Il ferma la porte derrière lui et commença à prendre d'assaut Astor. Il a commencé par une marche, puis s'est lancé dans un sprint.

«Épée de lumière!» crie Astor. Une lame verte vif sort de sa poignée. Il attrapa la poignée des deux mains, tint la lame verticalement et la souleva au-dessus de sa tête.

Astor a descendu son épée au moment où Takel était à portée. Ce dernier s'écarta et l'épée coupa dans l'air vide. Il a répondu avec un coup de pied qu'Astor a paré avec sa poignée.

Pendant ce temps, Meleana pensait qu'il y avait quelque chose de familier ce Takel. C'était presque comme si elle l'avait déjà vu.

Elle était tellement perdue dans ses pensées qu'elle n'a pas remarqué l'un des scientifiques qui faisait le tour d'Astor.

Takel a lancé un coup de pied mais Astor s'est précipité à quelques centimètres à gauche, a trouvé un espace dans la défense de Takel et a levé son épée jusqu'à son cou.

«On dirait que c'est fini pour vous», dit Astor à Takel, tenant son épée avec une main. «Je ferai en sorte que vous passiez le reste de votre vie traître derrière les barreaux.»

Le scientifique qui s'était faufilé autour d'Astor l'a frappé à l'arrière de la tête avec un bâton. Astor est tombé immédiatement Takel a profité de la situation.

«Voyez comment les vents ont tourné, Astor», dit Takel en souriant méchamment.

«Excusez-moi?» dit une voix timide derrière lui.

Takel se retourna et trouva Meleana tenant une photo.

Bonjour jeune fille, dit Takel en reniflant. «On dirait que vous et votre ami êtes prêts pour un long voyage.» Il a ri.

«Es-tu le père de Tean?» Demanda Meleana, regardant la vieille photo dans sa main à Takel.

«Quoi...? Qu'as-tu dit? Quel nom as—tu prononcé ? Comment tu connais mon fils?»

Meleana secoua la tête. «Non», dit elle. «Non, vous ne pouvez pas être le père de Tean qui a passé toutes ces années à attendre.»

Les lèvres de Takel tremblaient comme des diapasons. «Qui es-tu?» Demanda-t-il. «Et comment connais—tu mon fils?»

«Tean est mon ami. Travaillez-vous pour Darol? C'est vous qui avez pulvérisé cette chose qui l'a rendu malade.»

Les yeux de Takel s'écarquillèrent. «Tean est vivant? Mais... Mais ils m'ont dit qu'il était mort ! Ils ont dit qu'il était mort il y a deux ans.»

«Il n'est pas mort il y a deux ans, mais il risque de mourir si je ne reviens pas rapidement vers lui. Et si cela se produit, je m'en ficherai de savoir si tu es son père ou non, je vengerai mon ami.»

Elle est tombée à genoux. «S'il vous plaît, permettez-moi de sauver mon fils et votre village.»

Vous me mentez, dit Takel. «Vous mentez tous.»

«Non je dis la vérité, regardez,» lui tendit-elle la photo que Tean lui avait donnée, et se leva. «Il m'a donné cette photo et ses chaussures. Il a attaché les lacets lui-même, il a dit que vous lui aviez appris à les attacher.

«Oh non,» dit Takel, tremblant si violemment que la photo tomba de ses mains. «Mon fils, mon Tean.»

«Ce n'est pas le moment de pleurer», dit Astor, assis par terre. «Darol va rassembler les villageois ce soir et les faire sortir demain matin. Nous ne pouvons pas dire avec certitude s'ils les emmèneront à Bonsaï où s'en débarrasseront d'une autre manière.

«Et d'ailleurs, le remède repose sur sa tête. Avec votre témoignage et celui de la reine, nous pouvons convaincre le roi et amener l'armée à temps.»

«Je dois me rendre alors?» Demanda Takel en avalant sa salive.

«Oui Takel, vous savez que le mal doit être puni, tout aussi bien que ses propres conséquences», a déclaré Astor. «Vous avez gagné une conséquence, ainsi que l'idiot qui m'a frappé derrière la tête.»

Takel prit une profonde inspiration. «Très bien», a-t-il dit. «Mais tu ne peux pas dire à mon fils que tu m'as trouvé. Je ne veux pas qu'il ait honte de son père.»

«Mais –» Meleana a commencé à protester.

«Ne le combattez pas, Meleana», a averti Astor. «Votre ami voit son père comme un héros disparu. C'est une bien meilleure image qu'un criminel emprisonné.»

Meleana soupira et bougea la tête pour comprendre. «Je comprends maintenant», a-t-elle déclaré. «Je comprends.»

«Bien,» remarqua Astor en poussant jusqu'à ses pieds. «Nous pourrions peut-être bouger maintenant. Mettons ce méchant derrière les barreaux.»

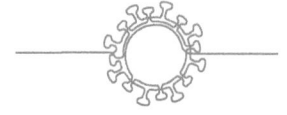

CHAPITRE 18

FAIRE TOMBER LA COURONNE

Chapitre Dix-huit

La délivrance

Astor et Meleana sont arrivés au village de Marimose à l'aube. Heureusement, Darol n'avait pas encore commencé sa récolte. Mais même à cela, il était facile de voir ce que l'avenir réservait à Marimose s'il avait ce qu'il voulait.

Les plantes qui éclairaient les bords de la route avaient été écrasées à mort par ses véhicules. La route elle-même a été brisée dans tant d'endroits, un phénomène que Meleana n'avait jamais vus se produire auparavant.

Même si l'aube ne faisait que s'estomper, les nuages étaient épais de chagrin et semblaient aller se briser dans une pluie de terreur et d'obscurité.

Une étrange brume pendait dans l'air, rappelant à Meleana le cimetière que Tean lui avait montré dans un livre.

«Cet endroit est-il toujours comme ça?» Demanda Astor.

Meleana secoua la tête. «Je ne l'ai jamais vu comme ça.»

Ils passèrent par la place du village, la cage où Robinho avait été logé était toujours là, seul Robinho était à l'intérieur de la cage.

«Robinho!» Meleana cria d'excitation. Elle se précipita sur le loquet et ouvrit la porte.

Le gros chien lécha son visage et le couple s'enferma dans une étreinte.

Tu as dû lui manquer, dit Astor en souriant. «Il suffit de regarder le sourire sur son visage. Et il vous a laissé le toucher.

Meleana rompit l'étreinte et regarda Robinho dans les yeux. «Tu m'as manqué aussi, mon gros.»

«Oh, je vais pleurer tout de suite», dit Astor, essuyant des larmes imaginaires de ses yeux avec un hanky inexistant. «Dois-je vous laisser tous les deux continuer vos retrouvailles? Ou vous le ferez après que nous aurons obtenu le remède du Bacille 19?»

Meleana s'éclaircit la gorge. «Je suppose que nous pouvons continuer maintenant», a-t-elle déclaré. «Pensez-vous que le père de Tean s'est enfui? Nous avons dû venir ici à temps parce que nous ne savions pas quels étaient les plans de Darol pour les villageois.»

«Il pourrait s'enfuir, mais la reine ne le fera pas», a déclaré Astor. «Je parie qu'ils sont en route avec le calvaire au moment où nous parlons.»

«Ils sont probablement chez ma grand-mère Ana », a déclaré Meleana. «Ses yeux se sont illuminés quand j'ai mentionné ma grand-mère la dernière fois.»

«Trouvons-le», dit Astor.

Ensemble, ils ont traversé le fantôme des maisons. Les portes s'ouvraient comme si les propriétaires avaient abandonner leurs maisons.

Lorsqu'ils arrivèrent chez Ana, les petits rayons du soleil à travers les nuages et le brouillard avaient disparu.

Meleana l'a remarqué, mais elle n'en a pas parlé à Astor, elle pensait qu'il devait l'avoir vu aussi.

Eh bien, eh bien, dit Darol en tapant dans ses mains. Il était assis sur une chaise à l'extérieur sur le balcon de grand-mère. Tous les villageois étaient là, entourés des hommes de main de Darol, y compris Tean. Des lances, des haches, des épées, étaient dirigées contre chacun d'eux à la fois.

«Grand-mère? Où est ma grand-mère?» Demanda Meleana craignant que le pire ne soit arrivé. Elle allait courir à l'intérieur de la maison si Astor ne lui avait pas attrapé la main et ne l'avait pas tirée en arrière.

Darol sourit. «Qui se soucie de votre grand-mère? Pourquoi êtes-vous tous les deux de retour? Et comment se fait-il que vous soyez encore en vie? Et pourquoi ce chien est-il libre?»

«Nous sommes ici pour que vos actes se terminent, Darol, fils de Ferbad. Épargnez-vous la disgrâce et venez avec moi, peut-être, le roi vous purgera une peine réduite.»

Darol avait l'air d'être satisfait de son exploit ; son mince visage blanc devint rouge et il tira sur sa moustache.

Pendant ce temps, Meleana ne pouvait s'empêcher de souhaiter que son turban tombe de sa tête en même temps que le remède. Mais elle s'inquiéta à nouveau ; le remède était dans une bouteille, s'il tombait et se brisait, il pourrait prendre longtemps avant qu'un autre ne soit produit.

«Quelles preuves avez-vous?» Demanda-t-il en riant et en regardant autour de lui ses hommes qui éclataient également de rire.

«Ce n'était pas drôle, pourquoi rient-ils?» Meleana murmura à Astor.

«Ça doit être drôle, il les paie grassement», a répondu Astor.

«Le roi ne vous croira jamais ? Je suis le Premier ministre, c'est en moi qu'il a confiance, pas à vous qui êtes si bas.»

«Vous penseriez que je ne croirai pas ma reine, mes sujets et mes oreilles qui vous ont entendus parler tout à l'heure.»

Tous les regards se tournèrent vers la direction de la voix, derrière Meleana, Astor et Robinho.

«C'est le roi Aaron !» Cria l'un des hommes de main, en laissant tomber son arme et se mit à courir à toutes jambes, les autres l'ont rejoint peu de temps après.

«Je n'ai avoué aucun crime, Votre Majesté», dit Darol en se levant.

«Alors je devrais remercier l'homme à qui vous avez demandé de tuer le cheval que je vous ai offert pour avoir divulgué vos secrets. Le même homme que vous m'avez dit était médecin et à qui vous avez donné ma reine. MA FEMME !»

«On dirait que le père de Tean est passé aux aveux», a déclaré Astor.

Meleana hocha la tête et jeta un coup d'œil à Tean, avant de lui faire un sourire triste. Il avait l'air fatigué et pâle, il était toujours malade du virus Bacille 19.

Le roi Aaron ne ressemblait pas du tout à un roi. Il portait un manteau de cuir semblable à celui d'Astor, des bottes lourdes noires et une poignée attachée suspendue à la ceinture autour de sa taille. Vingt hommes vêtus de la même manière le suivirent.

Mon roi, dit Darol d'une voix tremblante. «Je peux tout vous expliquer.»

Oui, vous le ferez, dit le roi Aaron en durcissant son expression. «Mais derrière les barreaux. Où est l'antidote?»

Darol enleva son turban.

«Je savais qu'il était chauve», murmura le roi.

Darol a retiré le petit flacon contenant du liquide vert du pli. «C'est ça, mon seigneur», dit-il en le soulevant. Alors... Quelque chose a changé ; un sourire sinistre se répandit sur son visage et il gloussa comme un fou. «Mais alors,» dit-il, «pourquoi devrais-je vous le donner? Si je le bois, alors vous aurez besoin de moi pour guérir tous ces gens.»

Les villageois haletaient.

Darol a été encouragé par leur réaction et a été obligé de déverrouiller le flacon. Robinho a immédiatement fait irruption dans une course, mais tout le monde savait que la distance serait trop longue à parcourir pendant ce temps.

Soudain, Darol cria de douleur et jeta le flacon en l'air.

«Non !» crie Meleana, quand elle a vu la bouteille voler à plusieurs mètres de haut. S'il atterrissait sur le sol, alors tout espoir est fini.

Le temps s'est figé et tout le monde a regardé Robinho sauter en l'air et attraper le flacon dans sa bouche. Le chien se serait écrasé sur le sol en pierre, mais Tean s'était levé pour amortir la chute.

Derrière Darol se trouvait grand-mère Ana avec une cuillère en bois à la main.

«Personne ne parle mal à ma petite fille», a-t-elle dit.

«On dirait que vous avez joué votre dernière carte», a déclaré le roi Aaron. «Apportez-moi cet homme fou. Et vous, ses sbires qui exécutez ses basses besognes, soumettez-vous ou devenez des ennemis de l'État.»

Les hommes se regardèrent dans les yeux et jetèrent leurs armes.

Darol fut amené au roi qui sortit sa poignée. «Épée de lumière !» dit-il, et une fine lame rouge émergea.

Le roi a coupé deux fois et Darol n'a plus eu de moustache. «C'est mieux», a-t-il déclaré. «Je n'ai jamais aimé ça. Emmenez-le.

Le remède a été administré et tout le monde allait beaucoup mieux à nouveau. Heureusement, personne n'est mort du virus.

Meleana n'a jamais dit à Tean qu'elle avait vu son père. Après y avoir réfléchi, elle a senti qu'il valait mieux le laisser continuer à espérer qu'il avait un bon père.

Après tout, personne n'a jamais revu Takel. En outre, le roi a déclaré que Takel n'avait pas tué son cheval, et Darol avait était nourri avec de la viande de porc malade, il ne mérite que cela !

Les porcs qui devaient venir dans Bonsai pour acheter des humains ont été fouettés et renvoyés chez eux. Selon les mots du roi, «personne ne méritait d'être vendu pour de l'argent» le roi retrouva sa reine et retourna au château.

Grand-mère Ana a décidé de donner plus de fruits aux gens de la ville. Et donc, tous les mois les villageois de Marimose leur apportaient ces victuailles, pour remercier le roi d'avoir sauvé Marimose du virus qu'avait mis en place son Premier ministre Darol, à son insu.